세 마리 토끼 잡는

초등 독해력

D2

초등 4-2

NE 능률

이 책을 쓴 분들_

강영주(지에밥 창작연구소 대표, 작가, 〈세 마리 토끼 잡는 독서 논술〉 대표 필자)
김경선(작가, 〈세 마리 토끼 잡는 독서 논술〉 집필)
한화주(작가, 〈세 마리 토끼 잡는 독서 논술〉 집필)
한현주(작가, 〈세 마리 토끼 잡는 독서 논술〉 집필)
이현정(작가, 〈세 마리 토끼 잡는 독서 논술〉 집필)

이 책을 만든 분들_

박지영(작가, 기획 편집자), 채현애(기획 편집자), 박정의(기획 편집자),
권정희(기획 편집자), 지은혜(기획 편집자), 강영주(작가, 기획 편집자)

세 마리 토끼 잡는 초등 독해력 D단계 2권

개정판 1쇄: 2022년 7월 1일
총괄 김진홍 | **기획 및 편집** 지에밥 창작연구소 | **연구원** 김지현, 김지연, 이자원, 박수희 | **펴낸이** 주민홍 | **펴낸곳** ㈜NE능률 | **디자인** 장현순, 윤혜민 | **그림** 우지현, 김잔디, 안지선, 김정진, 윤유리, 이덕진, 이창섭, 고수경, 장여회, 김규준, 김석류 | **영업** 한기영, 박인규, 이경구, 정철교, 김남준, 김남형, 이우현 | **마케팅** 박혜선, 이지원, 김여진 | **주소** 서울특별시 마포구 월드컵북로 396(상암동) 누리꿈스퀘어 비즈니스타워 10층 (우편번호 03925) | **전화** (02)2014-7114 | **팩스** (02)3142-0356 | **홈페이지** www.nebooks.co.kr | **ISBN** 979-11-253-3972-4 | 979-11-253-3977-9 (set)

제조년월 2022년 7월 제조사명 ㈜NE능률 제조국 대한민국 사용연령 11~12세(초등 4학년 수준)
Copyright©2022. 이 책의 저작권은 ㈜NE능률에 있습니다.
내용의 일부 또는 전체를 사용하시려면 미리 출판사의 동의를 얻어야 합니다.

※ 파본은 구매처에서 교환 가능합니다.

독해 실력을 키워서 공부 능력자가 되어 보세요!

요즘 우리 아이들, 공부할 것이 참 많습니다. 국어, 영어, 수학, 과학, 사회, 예체능 어느 것 하나 소홀히 할 수 없지요. 그런데 이런 교과 공부를 할 때 가장 기본이 되는 것은 설명하는 내용이 무엇인지 아는 것입니다.

특히 학교 공부를 처음 시작하는 초등학생에게 글을 읽고 이해하는 일은 무엇보다 중요합니다. 즉, 독해는 도구 과목인 국어를 포함한 모든 과목에서 공부의 시작이자 끝이라고 할 수 있지요. 초등학교 때 독해를 소홀히 하다 보면 중·고등학교에 가서 교과서를 읽으면서도 그 내용을 이해하지 못하는 일이 생기기도 합니다.

그런데 독해력은 열심히 책만 읽는다고 해서 단기간에 키워지는 것이 아닙니다. 꾸준히 글을 읽고 이해하는 연습을 지속적으로 해야 비로소 실력이 생겨나는 것이지요. 그러므로 독해 연습은 단계적이고 체계적으로 하는 것이 중요합니다.

〈세 마리 토끼 잡는 초등 독해력〉은 이 중요한 독해의 방법을 제시하기 위해 기획된 시리즈입니다. 이 시리즈의 구성 원리는 다음과 같습니다.

1. 초등학생이 교과를 이해하는 데 필요한 독해의 전 과정을 담는다

교과의 기본이 되는 글의 내용을 쉽게 이해하는 사실 독해로 시작하여 글 속에 숨은 뜻을 짐작하고 비판하는 추론 독해, 읽은 것을 발전시켜서 창의적으로 문제를 해결하는 문제해결 독해로 이어지는 독해의 전 과정을 체계적으로 담았습니다.

2. 다양한 독해 활동을 통해 독해를 쉽고 재미있게 학습하도록 구성한다

독해의 원리에 흥미롭게 다가갈 수 있도록 주제 활동, 유형 연습, 실전 학습 등을 다양하게 단계적으로 구성하였습니다. 이때 글과 쉽게 친해질 수 있도록 동화, 역사, 사회, 과학, 예술 분야의 전문 필진과 초등 교육 과정 전문 선생님들이 함께 노력을 기울였습니다. 이 밖에도 독해의 배경지식이 되는 어휘, 속담, 문법, 독서 방법 등의 읽을거리를 충분히 실었습니다.

〈세 마리 토끼 잡는 초등 독해력〉을 통해 토끼처럼 귀여운 우리 아이들이 독해 자신감, 공부 자신감을 얻어서 최고의 독해 능력자가 되기를 기대하며 응원하겠습니다.

세 마리 토끼 잡는 초등 독해력 은 어떤 책인가요?

1 독해의 세 가지 원리를 한번에 잡는 책

독해는 글을 읽고 뜻을 이해하는 것입니다. 이때 뜻을 이해한다는 것은 글에 드러난 정보나 주제뿐 아니라 숨어 있는 글쓴이의 의도나 생략된 내용을 짐작하고 읽는 사람의 생각과 느낌을 고려한 표현까지 이해하는 것입니다. 〈세 마리 토끼 잡는 초등 독해력〉은 사실 독해, 추론 독해, 문제해결 독해로 이어지는 독해의 원리를 단계적으로 키워서 독해 능력을 한번에 완성하도록 도와줍니다.

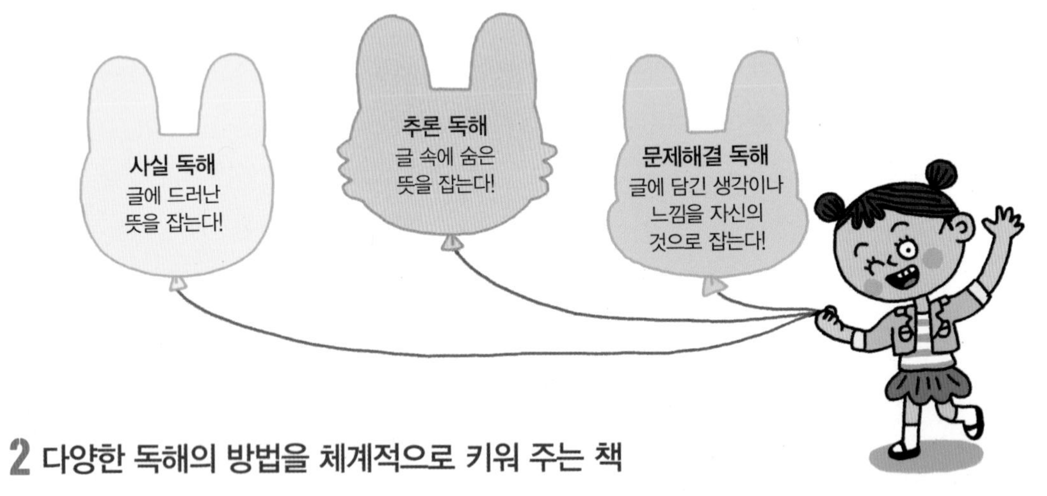

2 다양한 독해의 방법을 체계적으로 키워 주는 책

설명문, 논설문과 같은 글을 읽을 때와 시, 소설을 읽을 때는 글의 내용을 이해하는 방법이 조금 다릅니다. 비문학적인 글을 읽을 때에는 글에 나타난 정보나 사실을 이해하여 주제나 중심 생각을 파악해야 합니다. 그리고 문학적인 글을 읽을 때에는 주제뿐 아니라 글 속에 숨은 의미와 분위기, 표현 방법을 살펴서 글쓴이의 의도를 미루어 짐작하고 그에 대한 나의 생각이나 느낌도 표현할 수 있어야 합니다. 〈세 마리 토끼 잡는 초등 독해력〉은 독해 개념부터 유형 연습, 실전 문제에 이르기까지 독해의 다양한 방법을 체계적으로 키워 줍니다.

3 다양한 교과 관련 배경지식을 키워 주는 책

글을 읽을 때는 낱말이나 문장을 과목에 따라 다르게 해석해야 하는 경우가 있습니다. 국어 과목에서는 동요의 노랫말처럼 '달'을 보고 '토끼가 떡방아를 찧는 것 같다'고 표현하는가 하면 과학 과목에서는 '아무도 살지 않는 지구 주위를 돌고 있는 위성' 혹은 '지구와 가장 가까운 천체'로 보기도 합니다. 〈세 마리 토끼 잡는 초등 독해력〉은 과목에 따라 다른 의미로 해석되는 다양한 영역의 글을 수록하여 도구 과목인 국어 과목뿐 아니라 사회, 과학, 예체능 등 다양한 교과 공부에 도움을 주는 배경지식을 키울 수 있습니다.

4 다원적 사고 능력을 열어 주는 책

독해력은 글의 내용을 이해·감상하고 자신의 관점으로 비판하며 창의적으로 표현하는 능력을 갖추는 고차원의 사고 능력입니다. 특히 서술형과 같은 문제 유형으로 자신의 생각을 창의적으로 표현해야 하는 경우에는 이와 같은 능력이 더욱 요구됩니다. 〈세 마리 토끼 잡는 초등 독해력〉은 독해력을 구성하는 이해력, 구조 파악 능력, 어휘력, 추리·상상적 사고 능력, 비판적 사고 능력, 문제 해결 능력 등 다원적 사고 능력을 골고루 계발하여 어떠한 문제 상황도 너끈히 해결할 수 있도록 도와줍니다.

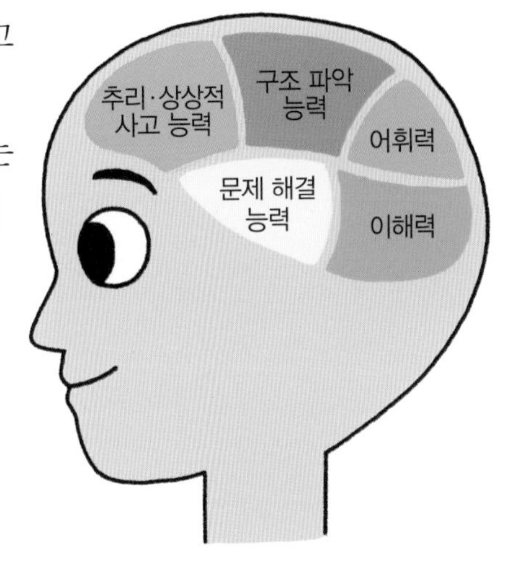

세 마리 토끼 잡는 초등 독해력 은 어떻게 이루어져 있나요?

1 전체 구성

〈세 마리 토끼 잡는 초등 독해력〉은 학년과 학기의 난이도에 따라 6단계 12권으로 이루어져 있습니다. 이 책은 각 학년과 학기의 학습 목표에 맞는 독해 주제를 단계적으로 구성하였으므로, 그에 맞게 선택해서 공부할 수 있습니다. 하지만 학습자의 독해 능력에 맞게 단계를 조정하여 선택하면 더욱 효과적입니다.

단계	A단계		B단계		C단계		D단계		E단계		F단계	
권 수	2권		2권		2권		2권		2권		2권	
단계 이름	A1	A2	B1	B2	C1	C2	D1	D2	E1	E2	F1	F2
학년-학기	1-1	1-2	2-1	2-2	3-1	3-2	4-1	4-2	5-1	5-2	6-1	6-2
학습일	각 권 20일											
1일 분량	매일 6쪽											

2 권 구성

〈세 마리 토끼 잡는 초등 독해력〉 한 권은 학습 내용에 따라 PART1, PART2, PART3으로 나누어져 있습니다. 학년별 난이도에 따라 각 PART의 분량이 다릅니다.

PART1 사실 독해 (1~2주 분량)

독해에서 가장 기본이 되는 부분으로, 글에 나타난 정보나 사실을 확인하는 내용을 주로 담고 있습니다. 이 부분에서는 글에서 정보를 찾아보고, 이를 바탕으로 중심 내용과 주제, 글의 구조와 전개 방식을 파악하며 읽는 방법을 배웁니다. 이 부분은 독해를 처음 접하는 저학년일수록 분량이 많고, 고학년으로 갈수록 분량이 줄어듭니다.

단계별 구성(저학년은 분량이 많고, 고학년은 분량이 적습니다. A~C단계: 2주분 / D~F단계: 1주분)

A단계	B단계	C단계	D단계	E단계	F단계
글자, 낱말, 문장 알기	마음을 나타내는 말 알기	설명하는 글을 읽은 경험 찾기	생각이나 느낌이 다른 까닭 알기	기행문의 특성 알기	인물, 사건, 배경의 관계 알기

PART 2 추론 독해 (1~2주 분량)

독해 능력이 발전하는 부분으로, 글에 드러난 것을 파악하는 것을 뛰어넘어 글에 숨겨진 뜻을 짐작하고 비판하는 내용을 담았습니다. 이 부분에서는 글에 나타난 정보를 짐작해 보고 생략된 내용이나 숨겨진 주제, 글을 쓴 목적을 찾아보며 글을 읽는 방법을 익힙니다. 그리고 글에 드러난 관점이나 글쓴이의 주장과 근거, 표현 방법 등을 비판하며 읽는 방법도 배웁니다. 이 부분은 저학년일수록 분량이 적고, 고학년으로 갈수록 분량이 늘어납니다.

단계별 구성(저학년은 분량이 적고 고학년은 분량이 많습니다. A~C단계: 1주분/ D~F단계: 2주분)

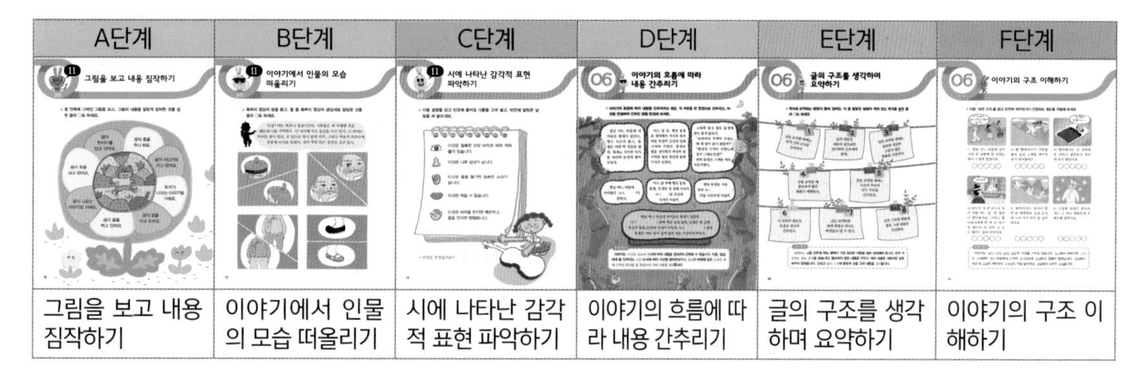

A단계	B단계	C단계	D단계	E단계	F단계
그림을 보고 내용 짐작하기	이야기에서 인물의 모습 떠올리기	시에 나타난 감각적 표현 파악하기	이야기의 흐름에 따라 내용 간추리기	글의 구조를 생각하며 요약하기	이야기의 구조 이해하기

PART 3 문제해결 독해 (1주 분량)

글의 내용을 자신의 상황에 창의적으로 적용하는 고차원적 독해 능력을 키우는 부분입니다. 이 부분에서는 글에서 감동적인 부분을 찾아 글쓴이의 마음에 공감하고, 글을 읽고 난 감동을 표현하며 읽습니다. 글에 나타난 다양한 문제 상황과 해결 방법을 나의 생활에 적용하며 창의적으로 읽는 방법을 배웁니다.

단계별 구성(저학년과 고학년 같은 분량입니다. A~F단계: 1주분)

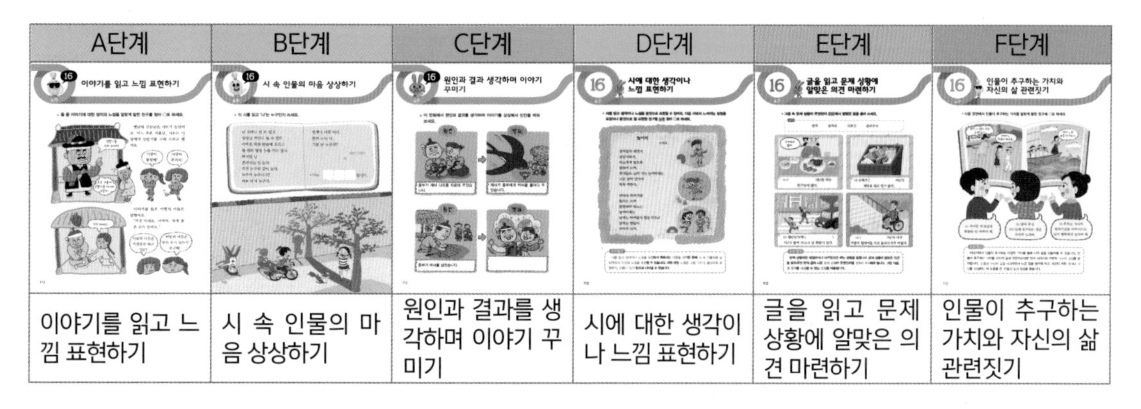

A단계	B단계	C단계	D단계	E단계	F단계
이야기를 읽고 느낌 표현하기	시 속 인물의 마음 상상하기	원인과 결과를 생각하며 이야기 꾸미기	시에 대한 생각이나 느낌 표현하기	글을 읽고 문제 상황에 알맞은 의견 마련하기	인물이 추구하는 가치와 자신의 삶 관련짓기

세 마리 토끼 잡는 초등 독해력 1일 학습은 어떻게 짜여 있나요?

개념 활동 재미있게 활동하며 독해의 원리를 익힙니다 (2쪽)

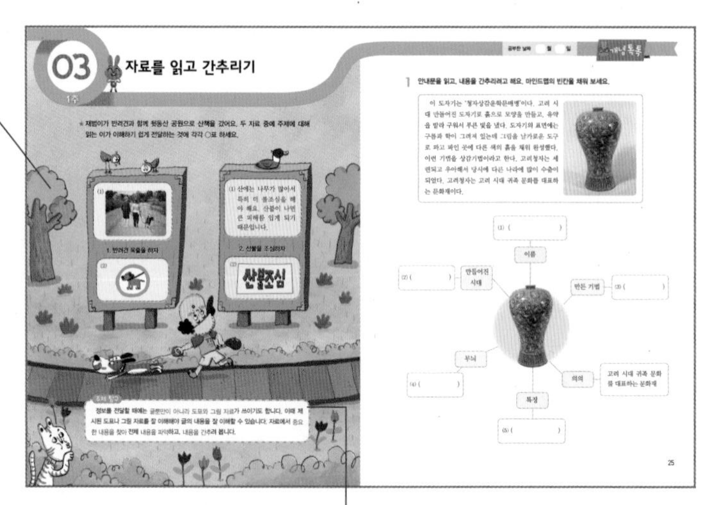

개념 활동

매일 익힐 독해의 개념을 재미있는 활동과 간단한 문제로 알아볼 수 있습니다. 퀴즈, 미로 찾기, 색칠하기, 사다리 타기, 만들기 등 다양하고 재미있는 활동을 통해 독해의 원리를 입체적으로 배울 수 있습니다.

주제 탐구

개념 활동을 하며 살펴본 독해의 원리로 학습 주제를 살펴볼 수 있습니다. 이곳에서 앞으로 공부할 주제를 한눈에 확인할 수 있습니다.

독해력 활짝 짧은 글로 유형을 연습하며 독해력을 넓힙니다 (2쪽)

유형 설명

주제와 관련된 여러 유형을 나누어 핵심 평가 요소를 확인합니다.

유형 문제 연습

다양한 유형을 익힐 수 있는 독해 문제가 제시되어 있습니다.

관련 교과명

지문과 관련된 교과명이 표시되어 있습니다.

짧은 글 독해

유형과 관련 있는 짧은 글을 읽으며 문제의 출제 의도를 파악합니다.

독해력 쑥쑥 긴 글로 실전 문제를 풀며 독해력을 키웁니다 (2쪽)

글의 개관

글의 종류, 특징, 중심 내용, 낱말 풀이 등으로 글에 대한 이해를 돕습니다.

긴 글 독해

시, 동화, 소설, 편지, 일기, 설명문, 논설문 등 다양한 갈래의 글이 수록되어 있습니다.

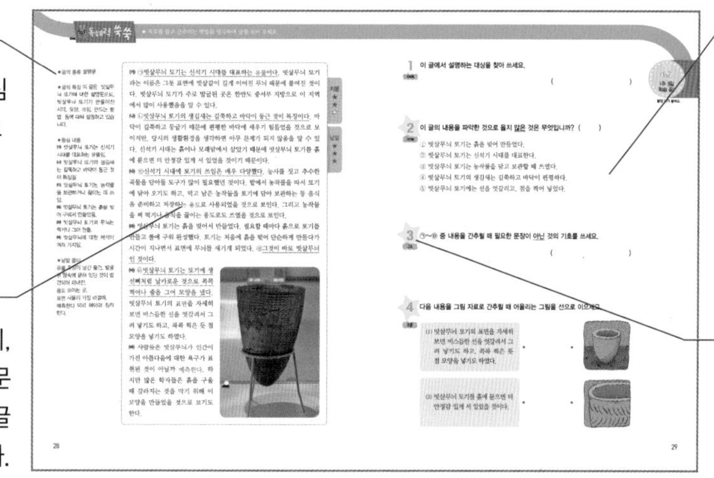

실전 문제

이해, 구조, 어휘, 추론, 비판, 문제해결 등과 관련된 다양한 실전 문제가 수록되어 있습니다.

핵심 문제

해당 주제의 핵심 문제는 노란색 별로 표시되어 있습니다.

독해 플러스 독해력을 돕는 배경지식을 알아봅니다

한 주 동안의 학습을 마무리하면서 독해와 관련된 배경지식을 살펴봅니다. 어휘, 속담, 고사성어, 문법, 독서의 방법 등 독해에 꼭 필요한 내용을 재미있는 만화를 통해 익히고, 간단한 문제로 확인해 봅니다.

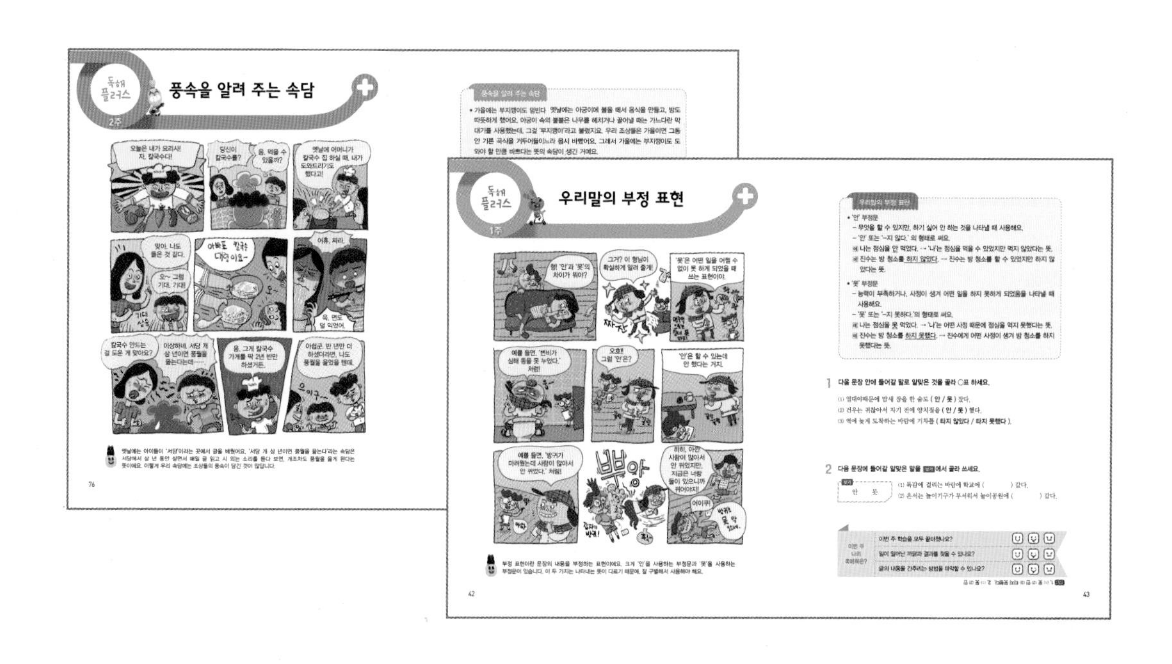

세 마리 토끼 잡는 초등 독해력 이렇게 공부해요

1 매일매일 꾸준히 공부해요

〈세 마리 토끼 잡는 초등 독해력〉은 매일 6쪽씩 꾸준히 공부하는 책이에요. 재미있는 개념 활동으로 시작해서 학교 시험에 도움되는 실전 문제에 이르기까지 지루하지 않게 공부할 수 있지요. 공부가 끝나면 '○주 ○일 학습 끝!' 붙임 딱지를 붙여 보세요.

2 지문에 실린 책이나 교과서를 찾아 읽어 보아요

하루 공부를 마치고 나면, 본문 지문에 나온 책이나 교과서를 찾아 읽어 보세요. 본문에는 책의 전권을 싣기 힘들기 때문에 가장 대표적인 부분을 발췌했기 때문이지요. 본문을 읽다 보면 뒷이야기가 궁금해지거나 교과 내용이 궁금해져서 자연스럽게 찾아 읽게 될 거예요. 이 과정을 거듭하다 보면 독해 능력자가 될 수 있답니다.

3 지문에 실린 모르는 내용을 사전이나 인터넷을 찾아 읽어 보아요

독해 지문이 술술 읽히지 않는다면 낱말이나 문장을 이해하지 못하는 것입니다. 모르는 낱말이나 어구, 관용 표현 등을 국어사전으로 찾아보고, 비슷한말로 바꾸어 보며 내용을 온전히 자신의 것으로 만들어 보세요. 그리고 더 알고 싶은 것은 책이나 인터넷 백과사전을 검색하며 깊이 있게 공부해 보세요.

한 주 학습표

월	화	수	목	금	토
매일 6쪽씩 학습하고, '○주 ○일 학습 끝!' 붙임 딱지 붙이기					주요 내용 복습하기

세 마리 토끼 잡는 초등 독해력 D2

초등 4-2

주	일차	유형	독해 주제	교과 연계 내용
1주	1	PART1 (사실 독해)	설명하는 방법 알기 (1) - 정의와 예시	[사회 4-1] 문화유산을 보호하려는 노력 알기
	2		설명하는 방법 알기 (2) - 유추와 인용	[사회 4-1] 문화유산을 조사하는 방법 알기
	3		설명하는 글의 짜임 알기	[과학 3-1] 곤충의 한살이 알아보기
	4		전기문에 대해 알기	[국어 4-2] 전기문의 특성 알기
	5		독서 감상문에 대해 알기	[국어 4-2] 독서 감상문 쓰는 방법 알기
2주	6	PART2 (추론 독해)	글쓴이가 전하려는 마음 파악하기	[국어 4-2] 마음을 전하는 글의 특징 알기
	7		시간적, 공간적 배경 파악하기	[국어 4-2] 이야기의 인물, 사건, 배경을 생각하며 이야기 읽기
	8		글쓴이의 의견과 까닭 파악하기	[사회 4-2] 현명한 소비 생활을 위한 방법 알기
	9		인물의 성격 짐작하기	[국어 4-2] 인물의 성격을 짐작하며 이야기 읽기
	10		설명하는 글 간추리기	[과학 3-2] 사는 곳에 따른 동물의 생활 알기
3주	11		시의 내용 이해하기	[국어 4-2] 시를 읽고 경험 말하기
	12		이야기의 주제 추론하기	[국어 4-2] 작품에 대한 자신의 생각 표현하기
	13		사건의 흐름 파악하기	[국어 4-2] 사건의 흐름을 생각하며 이야기 읽기
	14		글쓴이의 의견 평가하기	[국어 4-2] 의견이 적절한지 평가하기 [도덕 6학년] 우리 생활과 지구촌 문제의 관련성 파악하기
	15		인물의 가치관 짐작하기	[국어 4-2] 인물이 한 일에서 가치관 파악하기 [사회 5-2] 고구려와 백제의 문화유산 알아보기
4주	16	PART3 (문제해결 독해)	시에 대한 느낌 표현하기	[국어 4-2] 시에 대한 느낌을 여러 가지 방법으로 표현하기
	17		인물의 행동에 대한 생각 표현하기	[국어 4-2] 작품에 대한 자신의 생각 표현하기
	18		인물의 가치관을 나의 상황에 적용하기	[도덕 3학년] 생명 존중 실천하기
	19		이야기에서 인상 깊은 장면 표현하기	[국어 4-2] 이야기를 읽고 실감나게 표현하기
	20		전하려는 마음 표현하기	[국어 4-2] 마음을 전하는 글 쓰기

PART 1

사실 독해

글에 드러난 정보를 찾아보고 이를 바탕으로 중심 내용과 주제,
글의 구조와 전개 방식 등을 파악하며 읽는 방법을 배워요.

contents

01 설명하는 방법 알기 (1) – 정의와 예시

★ 다음 그림을 보고 '재활용'의 뜻을 짐작하여 '무엇이다'에 해당하는 내용을 빈칸에 쓰세요.

재활용은 (이)다.

주제 탐구

설명하는 글에는 대상을 설명하기 위해 여러 가지 설명 방법이 쓰입니다. 정의는 어떤 말이나 사물의 뜻을 분명하게 정하여 밝히는 설명 방법으로, '무엇은 무엇이다.'의 형태로 씁니다. 예시는 구체적인 본보기가 되는 예를 들어 설명하는 방법입니다. 예를 들어 설명할 때에는 '예를 들면', '이를테면' 등과 같이 쓰기도 합니다.

1 다음 설명 방법에 알맞은 내용을 선으로 이으세요.

(1) 정의 •

(2) 예시 •

• ① 본보기가 되는 예를 들어 구체적으로 설명하는 방법이다.

• ② '무엇은 무엇이다.'로 쓰여 어떤 말이나 사물의 뜻을 분명하게 정하여 밝히는 설명 방법이다.

2 '정의'의 방법으로 설명한 낱말을 보기에서 골라 쓰세요.

보기

일교차　일기도　일기 예보　직업　가계부　취미

(1) ( )은/는 어떤 지역의 날씨를 나타낸 그림이다.

(2) ( )(이)란 하루의 기온이 가장 높을 때와 가장 낮을 때의 차이를 말한다.

(3) ( )은/는 가정에서 살림을 꾸리는 데 필요한 소득과 지출을 기록하는 책이다.

(4) ( )은/는 일정 기간 동안 계속 일을 해서 소득을 얻고, 사회 발전에 도움을 주는 활동이다.

3 빈칸에 들어갈 문장으로 맞으면 ○표, 틀리면 X표 하세요.

시장들 가운데는 특정한 종류의 물건만을 파는 시장이 있다. 그 예로, ______________________.

(1) 매일 여는 상설 시장을 들 수 있다. ( )

(2) 책상, 장롱, 소파 등을 파는 가구 시장을 들 수 있다. ( )

(3) 중간 상인들에게 물건을 파는 도매 시장을 들 수 있다. ( )

(4) 약을 짓는 데 쓰는 재료를 파는 약재 시장을 들 수 있다. ( )

유형 1 글에 쓰인 '정의'의 설명 방법 알기

글에서 설명한 내용을 살펴 정의의 설명 방법을 파악하는 문제입니다.

영양분 영양이 되는 성분.

1 ㉠에 쓰인 설명 방법은 무엇입니까? (　　　)

과학

동물은 사는 데 필요한 영양분을 얻기 위해 먹이를 먹어요. 하지만 식물은 먹이를 먹지 않고도 잘 자라지요? 그것은 식물이 광합성을 하기 때문이에요. ㉠광합성이란 식물이 햇빛을 받아 스스로 양분을 만드는 거예요. 식물은 뿌리로 물을 빨아올리고, 잎에서 이산화 탄소를 흡수해요. 그리고 햇빛을 이용해서 물과 이산화 탄소를 영양분으로 만들지요. 식물은 광합성을 하면서 우리가 숨 쉬는 데 꼭 필요한 기체인 산소도 내보내요.

① 정의　② 예시　③ 분석
④ 인용　⑤ 대조

유형 2 '예시'의 방법으로 설명한 부분 찾기

대상을 설명한 방법 중 예시의 방법으로 설명한 부분을 찾습니다.

발휘하는 재능, 능력을 널리 드러내어 나타내는.

2 ㉠~㉤ 중 예시의 방법으로 설명한 것을 찾아 기호를 쓰세요. (　　　)

체육

㉠근력이란 몸의 근육이 발휘하는 힘이에요. ㉡근지구력은 몸의 근육이 지치지 않고 오랫동안 운동할 수 있는 능력이지요. ㉢근력과 근지구력이 좋으면 활발하게 움직이고 건강하게 생활하는 데 도움이 돼요. ㉣근력과 근지구력은 운동을 통해서 기를 수 있어요. ㉤예를 들면 벽에 손 짚고 팔 굽혀 펴기, 팔짱 끼고 앉았다 일어나기, 발뒤꿈치 들고 걷기 등을 하는 거예요. 간단한 운동이지만 꾸준히 하면 팔다리 근육의 힘을 기를 수 있답니다.

3 ㉠~㉥의 설명 방법을 정의와 예시로 구별하여 기호를 쓰세요.

사회

도시에는 교통 시설, 편의 시설, 문화 시설 등 사람들의 생활을 도와주는 여러 가지 시설이 잘 갖추어져 있다. ㉠교통 시설은 사람과 물건이 오갈 수 있도록 돕는 시설이다. ㉡이를테면 버스 정류장과 지하철, 터미널, 도로 등이 교통 시설이다. ㉢편의 시설은 사람들이 편리하게 생활할 수 있도록 돕는 시설이다. ㉣물건을 살 수 있는 시장과 대형 마트, 백화점, 돈을 맡기는 은행, 몸이 아플 때 이용할 수 있는 약국과 병원 등을 예로 들 수 있다. ㉤문화 시설은 취미나 여가를 즐길 수 있는 시설이다. ㉥영화관, 미술관, 도서관, 박물관 등이 문화 시설에 해당한다.

(1) '정의'를 사용한 부분: (　　　　　　　　　　　　　　)

(2) '예시'를 사용한 부분: (　　　　　　　　　　　　　　)

유형 3 '정의'와 '예시'의 설명 방법 구별하기

글에서 설명 방법 중 정의와 예시를 구별하여 파악합니다.

여가 일이 없어 남는 시간.

4 다음 중 ㉠과 같은 방법으로 설명한 것은 무엇입니까? (　　　)

수학

㉠다각형은 세 개 이상의 선분으로 둘러싸인 도형이다. 선분을 변이라고도 하는데, 변이 닫혀 있지 않으면 다각형이 될 수 없다. 또, 구부러진 곡선이 있어도 다각형이 아니다.

다각형의 이름은 변의 수에 따라 붙여진다. 세 개의 변으로 둘러싸인 도형은 삼각형, 네 개의 변으로 둘러싸인 도형은 사각형, 다섯 개의 변으로 둘러싸인 도형은 오각형이라고 부른다.

① 탈것에는 오토바이와 자전거가 있다.
② 국기는 한 나라를 상징하는 깃발이다.
③ 가구는 책장, 이불장, 옷장 같은 것이다.
④ 콩에는 검은콩, 완두콩, 메주콩 등이 있다.
⑤ 농기구의 예로 호미, 낫, 괭이 등을 들 수 있다.

유형 4 '정의'의 방법으로 설명한 예 찾기

㉠과 같은 정의의 방법으로 설명한 예를 찾는 문제입니다.

 ★ 정의와 예시의 설명 방법을 생각하며 글을 읽어 보세요.

●글의 종류 설명문

●글의 특징 이 글은 문화재의 뜻과 종류에 대해 정의와 예시의 방법으로 설명한 글입니다. 여러 문화재의 예를 들어 문화재의 종류를 설명하고 있습니다.

●중심 내용

1문단 우리가 자주 듣는 문화재가 정확히 무엇인지 알아보기로 함.
2문단 문화재는 역사적, 문화적으로 가치가 높아 보호해야 할 조상들의 유산임.
3문단 문화재 가운데 형태가 있는 것은 유형 문화재, 일정한 형태가 없는 것은 무형 문화재임.
4문단 역사적, 학술적으로 가치가 있는 문화재는 기념물, 귀한 동식물과 자연은 천연 기념물, 우리 조상들의 생활 모습을 보여 주는 것은 민속자료임.
5문단 우리 조상들의 지혜가 담겨 있는 문화재는 우리가 살아온 역사를 보여 주는 귀중한 유산임.

●낱말 풀이

훼손되었다는 헐거나 깨뜨려 못 쓰게 되었다는.
유산 앞 세대가 물려준 사물 또는 문화.
봉산 탈춤 황해도 봉산에 전해지는 산대놀음 계통의 탈춤을 이름.
학술적 학문과 기술이나 예술에 관한 것.

지문 ★★☆

낱말 ★★☆

'문화재'라는 말을 처음 듣는 친구는 아무도 없을 거예요. 우리는 소중한 문화재를 보호해야 한다는 말을 자주 들어요. 신문이나 텔레비전 뉴스를 통해서 문화재가 훼손되었다는 소식도 종종 들을 수 있지요. 그렇다면 문화재란 정확히 무엇일까요?

㉠문화재는 조상들이 남긴 유산 가운데 역사적으로나 문화적으로 가치가 높아서 보호해야 할 것을 말해요. 문화재는 크게 유형 문화재와 무형 문화재, 기념물, 민속자료로 나눌 수 있어요.

유형 문화재는 문화재 가운데 형태가 있는 거예요. ㉡예를 들어 숭례문, 보신각종, 다보탑 등이 유형 문화재이지요. 무형 문화재는 문화재 가운데 일정한 형태가 없는 거예요. ㉢판소리나 봉산 탈춤이 무형 문화재의 예에 해당해요. 무형 문화재는 형태가 없기 때문에 사람이 공연을 해야만 보고 들을 수 있어요. 이런 무형 문화재의 재주를 지닌 사람을 '인간문화재'라고 부른답니다.

기념물은 왕이나 귀족의 무덤인 고분, 성이나 궁궐이 있던 자리처럼 역사적, 학술적으로 가치가 있는 문화재예요. 또한 귀한 동물과 식물, 아름다운 동굴과 산 등도 기념물로 정해서 보호하고 있는데, 이를 특별히 천연기념물이라고 해요. ㉣천연기념물의 예로는 용문사의 은행나무, 진도의 진돗개, 단양의 고수 동굴, 한라산의 천연 보호 구역 등을 들 수 있어요. 민속자료는 우리 조상들의 생활 모습을 보여 줄 수 있는 민속 문화재예요. ㉤전통 음식과 한복, 한옥, 풍습 등이 민속자료이지요.

우리 조상들의 지혜가 담겨 있는 문화재는 우리가 살아온 역사를 보여 주는 귀중한 유산이에요. 지금까지 알아본 우리나라의 문화재를 직접 만나서 그 속에 담긴 우리 조상들의 멋과 지혜를 느껴 보는 것은 어떨까요? 문화재를 아끼고 사랑하는 마음이 저절로 우러날 거예요.

1 빈칸에 들어갈 알맞은 말을 보기 에서 골라 쓰세요.

이해

보기

공연 문화재 보호 전통

• [빈칸] (이)란 조상들이 남긴 유산 가운데 역사적, 문화적으로 가치가 높아서 보호해야 할 것을 말한다.

1주 1일 학습 끝!

붙임 딱지 붙여요.

2 ㉮~㉰ 중 무형 문화재의 기호를 쓰세요. ( )

이해

3 다음에 쓰인 설명 방법은 무엇인지 쓰세요. ( )

구조

우리나라에는 여러 명절이 있고 그때마다 먹는 음식이 있다. 예를 들면 설에는 떡국을 먹고, 추석에는 송편을 먹는다.

4 ㉠~㉤ 중 설명 방법이 다른 하나는 무엇입니까? ( )

구조

① ㉠ ② ㉡ ③ ㉢ ④ ㉣ ⑤ ㉤

설명하는 방법 알기 (2) – 유추와 인용

★ 이 글과 그림을 보고 '나'는 누구인지 빈칸에 이름을 쓰세요.

주제 탐구

유추는 어떤 대상을 다른 비슷한 현상이나 사물에 빗대어 설명하는 방법입니다. 주로 낯설고 어려운 것을 낯익은 것에 빗대어 쉽게 이해할 수 있도록 합니다. 인용은 다른 사람의 말이나 글, 속담 등을 빌려 쓰는 것입니다. 글의 뜻을 분명하게 하거나 신뢰를 얻을 수 있고, 읽는 사람의 흥미를 불러일으키는 효과가 있습니다.

1 '유추'의 방법으로 설명한 문장이 연결될 수 있게 뒷부분을 선으로 이으세요.

(1) 우리가 겪은 일을 일기장에 기록하듯 •		• ① 세상 모든 것은 번성했다가 쇠하기 마련이다.
(2) 작은 구멍으로 거대한 댐이 무너지듯 •		• ② 뇌는 우리가 겪은 일을 기억력 창고에 저장한다.
(3) 달이 꽉 차올랐다가 다시 기우는 것처럼 •		• ③ 사소한 교통 규칙을 어기는 일이 큰 사고로 이어질 수 있다.

2 다음 내용을 설명할 때 인용할 문장으로 알맞은 것의 기호를 쓰세요.

아무리 큰 목표라도 그것을 이루기 위해서는 작은 일부터 해야 한다.

㉮ 하루라도 책을 읽지 않으면, 입 안에 가시가 돋친다.
안중근

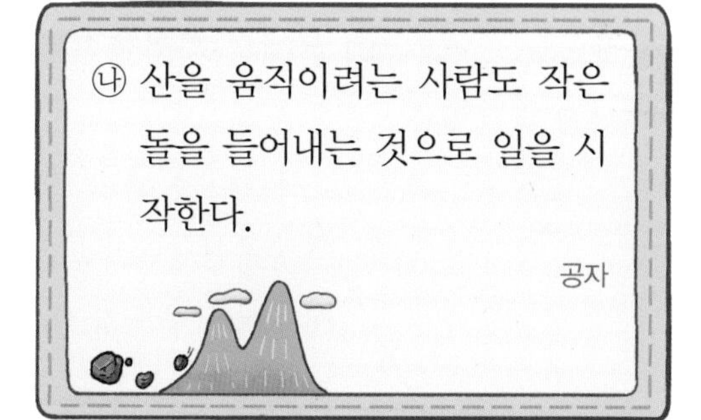

㉯ 산을 움직이려는 사람도 작은 돌을 들어내는 것으로 일을 시작한다.
공자

㉰ 겸손은 사람을 머물게 하고,
칭찬은 사람을 가깝게 하고,
넓음은 사람을 따르게 하고,
깊음은 사람을 감동하게 하니…….
정약용의 『목민심서』

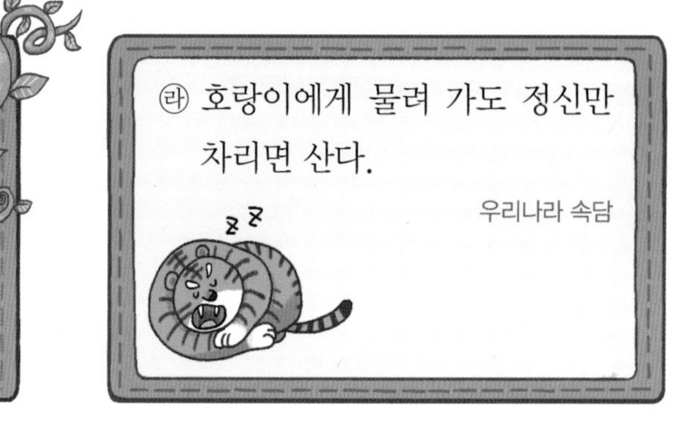

㉱ 호랑이에게 물려 가도 정신만 차리면 산다.
우리나라 속담

( )

유형 1 '인용'의 설명 방법 알기

다른 사람의 말이나 글, 속담을 빌려 쓰는 '인용'의 설명 방법을 찾습니다.

의사소통 가지고 있는 생각이나 뜻이 서로 통함.

1 이 글에 쓰인 설명 방법으로 알맞은 말을 빈칸에 쓰세요.

도덕

사람들은 말을 통해 의사소통을 합니다. 그래서 말은 사람들에게 큰 영향을 끼칩니다. 『명심보감』에 다음과 같은 글이 있습니다.

"사람을 이롭게 하는 말은 솜처럼 따스하고, 사람을 해롭게 하는 말은 날카롭기가 가시와 같다. 따라서 다른 사람을 이롭게 하는 한마디 말은 천금과 같고, 다른 사람을 해롭게 하는 한마디 말은 칼로 베는 것 같은 아픔을 준다."

이처럼 말은 상대의 마음을 따스하게 감쌀 수도 있고, 반대로 마음에 큰 상처를 입힐 수 있습니다.

• 말이 사람들에게 끼치는 영향을 설명하려고 『명심보감』의 글을 빌려 쓰는 [　　　　] 의 방법을 사용했습니다.

유형 2 '유추'의 대상 파악하기

퇴적물이 쌓인 지층을 무엇에 빗대어 설명했는지 파악합니다.

2 이 글에서 지층을 빗대어 설명한 대상은 무엇입니까? (　　　)

과학

지층이란 여러 종류의 암석이 샌드위치처럼 층층이 쌓여 있는 것을 말해. 빵과 햄, 치즈 같은 내용물을 차곡차곡 쌓아 샌드위치를 만들 듯 지층은 자갈이나 모래, 진흙 같은 퇴적물이 쌓여서 만들어져. 퇴적물이 오랜 세월에 걸쳐 쌓이는 동안 지층은 눌려서 단단해지고 두께도 점점 두꺼워지지. 그리고 샌드위치를 양쪽에서 힘주어 밀거나 잡아당기면 샌드위치가 휘거나 끊어지는 것처럼 지층은 지구 내부의 힘을 받아서 구부러지거나 잘리기도 한단다.

① 빵　　② 암석　　③ 치즈
④ 퇴적물　　⑤ 샌드위치

3 사회

㉠~㉤ 중 '인용'의 설명 방법이 쓰인 곳은 어디입니까? (   )

㉠추석은 음력 8월 15일로, 우리나라의 대표적인 명절이다. ㉡추석을 다른 말로 '가윗날', '한가위', '중추절'이라고도 부른다.

㉢추석 무렵에는 온갖 곡식과 과일이 무르익어 먹을거리가 풍족하다. 또, 힘겨운 한 해의 농사일이 끝날 때여서 비교적 여유롭게 지낼 수 있다. ㉣그래서 우리 조상들은 추석날이면 햅쌀로 송편을 빚어 먹고, 여러 가지 놀이를 하며 하루를 보냈다.

㉤"더도 말고 덜도 말고 늘 가윗날만 같아라."라는 말이 있다. 늘 추석날 같기를 바랐을 만큼 우리 조상들에게 추석은 풍성하고 즐거운 명절이었다.

① ㉠ ② ㉡ ③ ㉢ ④ ㉣ ⑤ ㉤

유형 3 '인용'의 방법이 쓰인 부분 찾기

글에서 인용의 설명 방법이 쓰인 부분을 찾는 문제입니다.

4 과학

㉠에 쓰인 설명 방법을 알맞게 말한 친구는 누구입니까? (   )

태양은 얼마나 뜨거울까? ㉠펄펄 끓는 물의 온도는 100도야. 단단한 쇠를 물처럼 녹이는 용광로의 온도는 1,500도 정도이지. 그런데 태양의 표면 온도는 5,500~6,000도, 내부 온도는 자그마치 1,500만 도나 돼. 그러니 태양이 엄청나게 뜨겁다는 것을 짐작할 수 있지.

태양의 대기층에서는 '홍염'이라고 부르는 불기둥이 여러 가지 모양으로 솟구쳐. 그중에는 크기가 지구의 수십 배나 되는 것도 있단다.

① 기동: 태양의 뜻을 자세하게 밝혀서 말했어.
② 윤석: 달과 태양이 어떻게 다른지 차이점을 설명했어.
③ 준수: 태양의 뜨거운 정도를 용광로에 빗대어 설명했어.
④ 서연: 그림을 그린 듯 태양의 구조를 자세히 보여 주고 있어.
⑤ 나은: 속담을 빌려 와서 태양이 중요하다는 것을 알려 주었어.

유형 4 '유추'의 방법 알기

㉠에서 태양이 뜨겁다는 것을 설명하기 위해 사용한 방법을 파악합니다.

용광로 높은 온도로 광석을 녹여서 쇠붙이를 뽑아내는 가마.
자그마치 예상보다 훨씬 많이.

 ★ '유추'와 '인용'의 설명 방법을 생각하며 글을 읽어 보세요.

●**글의 종류** 설명문

●**글의 특징** 이 글은 석빙고의 원리와 구조에 대해 설명하는 글입니다. 조선 시대 『경국대전』의 기록을 인용하여 석빙고에 대해 설명하고 있습니다.

●**중심 내용**
1문단 냉장고가 없던 조선 시대에도 얼음을 먹었을지 궁금함.
2문단 『경국대전』에는 얼음을 사용했다는 기록이 들어 있음.
3문단 조선 시대에는 석빙고를 만들어 겨울에 얼음을 저장했다가 여름에 사용했음.
4문단 석빙고에는 배수구와 환기구를 만들고 흙과 잔디로 뜨거운 열기를 막아 냈음.
5문단 자연을 이용해 냉장 시설을 만든 조상의 지혜가 뛰어났음.

●**낱말 풀이**
『경국대전』 조선 시대의 법률 책을 이름.
배수구 물을 빼내는 곳.
환기구 탁한 공기를 맑은 공기로 바꾸거나 온도를 조절하기 위해 만든 구멍.

지문 ★★☆
낱말 ★★★

우리는 여름이면 냉장고에서 시원한 얼음을 꺼내 먹어. 얼음 없이 여름을 보내는 일은 상상하기 힘들지. 그런데 냉장고도 전기도 없던 옛날에는 어땠을까? 조선 시대에도 여름에 얼음을 먹을 수 있었을까?

누구나 쉽게 먹을 수 있었던 것은 아니지만, 조선 시대에도 여름에 얼음을 먹거나 이용했어. ㉠『경국대전』에는 '왕의 친척과 관리들에게 얼음을 나눠 주고, 아픈 사람들을 치료하는 데 쓸 얼음을 내준다.'라는 기록이 있단다.

조선 시대에는 겨울에 얼음을 깨어 '석빙고'라는 창고에 저장해 두었다가 여름에 사용했어. ㉡햇볕이 쨍쨍 내리쬐는 무더운 여름에도 굴속에 들어가면 서늘하고 시원하지? 석빙고는 이런 원리를 이용해서 땅을 굴처럼 파고 안쪽 벽에 돌을 쌓아 만들었어. 그래서 여름에도 얼음을 보관할 수 있었지.

우리 조상들은 석빙고 바닥을 비스듬하게 해서 얼음 녹은 물이 흘러내려 배수구로 빠져나가게 했어. 천장에는 공기가 통할 수 있도록 환기구도 만들었지. 석빙고의 바깥쪽 지붕에는 흙을 두껍게 덮고 잔디를 심었어. 석빙고를 덮은 흙과 잔디는 한여름에도 뜨거운 열기가 안으로 들어가지 못하게 막아 주었어.

오늘날에는 냉장고가 있어서 석빙고를 사용하지 않지만, 자연을 이용해 냉장 시설을 만든 우리 조상들의 지혜는 누구보다 뛰어났어.

1주 2일 학습 끝!

붙임 딱지 붙여요.

1 이 글에서 설명하고 있는 것은 무엇입니까? (　　　)

이해

① 여름　　② 냉장고　　③ 석빙고

④ 『경국대전』　　⑤ 우리 조상의 지혜

2 석빙고에 대한 설명으로 알맞지 않은 것은 무엇입니까? (　　　)

이해

① 땅을 굴처럼 파서 만들었다.

② 바닥을 비스듬하게 만들었다.

③ 안쪽 벽에 돌을 쌓아 만들었다.

④ 천장을 꼭 막아 공기가 통하지 못하게 했다.

⑤ 바깥쪽 지붕에는 흙을 두껍게 덮고 잔디를 심었다.

3 ㉮~㉰ 중 ㉠의 설명 방법을 알맞게 말한 친구의 기호를 쓰세요.

구조

㉮ 지민: 글의 신뢰성을 높이기 위해 다른 사람의 글을 '인용'했어.

㉯ 영수: 대상을 그것을 이루는 구성 요소로 나누어서 설명하는 '분석'의 방법을 사용했군.

㉰ 혜리: 둘 이상의 사물을 견주어 공통점과 차이점을 들어 설명하는 '비교'와 '대조'의 방법을 썼어.

(　　　　　)

4 ㉡을 설명한 내용에 들어갈 알맞은 말을 보기에서 골라 쓰세요.

구조

보기

대조　　인용　　유추　　정의

• 석빙고의 원리를 무더운 여름에도 굴속에 들어가면 서늘한 것에 빗대어 [　][　]의 방법으로 설명했다.

설명하는 글의 짜임 알기

1주

다음 구름 속 글의 내용을 처음, 가운데, 끝부분으로 나누어 선으로 이으세요.

① 하나의 은하에는 약 천억 개의 별이 모여 있지요.

③ 별이란 태양처럼 스스로 빛을 내는 천체를 말해요.

② 별이란 무엇일까요?

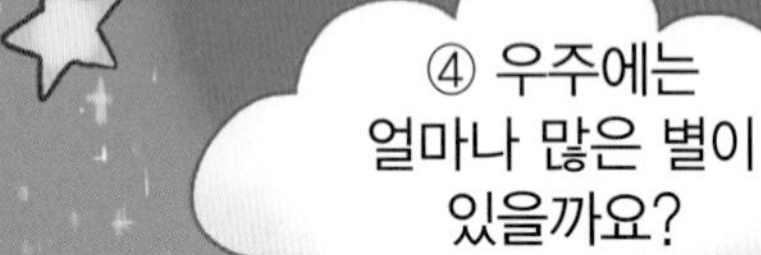

④ 우주에는 얼마나 많은 별이 있을까요?

⑥ 우주에는 약 1,000억 개나 되는 은하가 있어요.

⑤ 이처럼 우주에는 스스로 빛을 내는 천체인 별이 무수히 많답니다.

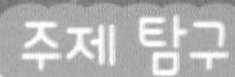

설명문은 처음, 가운데, 끝으로 짜여 있습니다. 처음 부분에서는 읽는 사람의 흥미를 끌며, 무엇을 설명할지 밝힙니다. 가운데 부분에서는 설명하려는 내용을 알기 쉽고 자세하게 설명합니다. 끝부분에서는 중요한 것을 다시 강조하거나 앞에서 설명한 내용을 간단하게 정리합니다.

1 다음 내용이 설명문의 처음 부분에 해당하면 '처', 가운데 부분에 해당하면 '가', 끝부분에 해당하면 '끝'이라고 빈칸에 쓰세요.

(1) 식물은 사람이 살 수 없는 높은 산이나 메마른 사막에서도 살아요. 거친 환경 속에서 살아가는 식물은 어떤 특징을 지니고 있을까요? 높은 산과 사막에서 살아가는 식물들의 특징을 알아보아요. [ ]

(2) 높은 산에는 바람이 세차게 불고 물이 부족해요. 그래서 높은 산에 사는 식물은 강한 바람을 견딜 수 있도록 줄기가 짧고 키가 작아요. 또, 물을 빨아들이려고 뿌리를 땅속 깊이 내리지요.

사막은 무척 메마른 곳이에요. 사막에 사는 식물은 물을 저장해 두려고 굵은 줄기를 갖고 있어요. 물기가 날아가는 것을 막으려고 잎도 가시처럼 뾰족하지요. [ ]

(3) 이처럼 식물은 사는 곳에 따라 잎과 줄기, 뿌리의 특징이 달라요. 하지만 어디서든 환경에 적응하며 꿋꿋하고 아름다운 모습으로 살아가요. [ ]

2 보기 에서 각 설명문의 짜임에 해당하는 내용을 골라 빈칸에 기호를 쓰세요.

보기
- ㉮ 무엇을 설명할지 밝힌다.
- ㉯ 읽는 사람의 흥미를 끈다.
- ㉰ 설명한 내용을 간단하게 정리한다.
- ㉱ 설명하려는 내용을 쉽고 자세하게 설명한다.
- ㉲ 중요하다고 생각했던 내용을 다시 강조한다.

처음	가운데	끝
㉮, ㉯	(1) ( )	(2) ( )

유형 1 설명문의 처음 부분에 들어갈 내용 알기

설명문에서 읽는 사람의 흥미를 끌며, 무엇을 설명할지 밝히는 부분을 찾습니다.

1 **다음은 설명문의 처음, 가운데, 끝부분 중 어디에 해당하는지 쓰세요.**

과학

까마득히 먼 옛날에 살았던 동물과 식물 가운데에는 지구에서 사라진 것이 많습니다. 그러나 우리는 '화석'을 통해서 옛날에 어떤 동물이나 식물이 살았는지, 모습은 어땠는지 짐작할 수 있습니다. 이렇게 놀라운 비밀을 알려 주는 화석이란 무엇일까요? 화석은 어떻게 만들어질까요? 지금부터 화석에 대해 함께 알아보아요.

(　　　　　　　　)

유형 2 설명문의 가운데 부분에 들어갈 내용 알기

설명하려는 대상을 자세히 설명하는 가운데 부분의 짜임을 파악하는 문제입니다.

2 **이 글의 짜임에 대한 설명으로 알맞은 것은 무엇입니까? (　　　)**

사회

우리나라의 남부 지방에는 '一'자 모양의 한옥이 많아요. 남부 지방은 날씨가 더워요. 그래서 앞뒤로 바람이 잘 통할 수 있게 一자 모양의 집을 지은 거예요. 중부 지방에서는 한옥을 'ㄱ'자 모양으로 지었어요. 중부 지방은 날씨가 너무 덥지도 춥지도 않아요. ㄱ자 모양으로 집을 지으면 바람이 적당히 통하지요. 북부 지방의 한옥은 'ㅁ'자 모양이 많아요. 북부 지방은 날씨가 춥기 때문에 찬바람이 들어오는 것을 막으려고 ㅁ자 모양의 집을 지었어요.

① 한옥에 대해 설명하겠다는 것을 알리는 설명문의 '처음' 부분이다.

② 글을 읽고 한옥에 대해 호기심이 생겼으니 설명문의 '처음' 부분이다.

③ 한옥이 과학적으로 지어졌다는 것을 설명하는 설명문의 '끝'부분이다.

④ 지역에 따라 다른 한옥의 모양을 자세하게 설명하는 설명문의 '가운데' 부분이다.

⑤ 글자의 모양으로 한옥을 설명하여 읽는 이의 흥미를 이끌어 내는 '처음' 부분이다.

3 이 글과 이어질 끝부분에 들어갈 내용에 ○표 하세요.

과학

방귀를 뀌지 않는 사람은 아무도 없어요. 방귀 냄새는 대체로 구리지만, 유난히 구린내가 지독한 방귀가 있어요. 그런가 하면 소리는 요란해도 좀 덜 구린 방귀가 있지요. 방귀는 왜 나오는 걸까요? 왜 방귀 냄새는 더 구리기도 하고, 덜 구리기도 할까요?

방귀는 흔히 똥구멍이라고 부르는 항문에서 나오는 기체예요. 우리가 먹은 음식은 배 속에서 소화가 되는데, 이때 여러 가지 기체가 생겨나요. 또 우리가 음식을 먹을 때 공기를 함께 삼키기도 하지요. 이렇게 생겨나 몸속에 남아 있는 기체는 건강에 이롭지 않아요. 그래서 항문으로 '뿡!' 하고 내보내는 거랍니다.

음식 중에는 배 속에서 분해될 때 구린내가 심한 기체를 만드는 음식도 있고, 그렇지 않은 음식도 있어요. 그 예로 고기나 달걀은 구린내가 심한 기체를 만들고, 채소나 과일은 구린내가 덜한 기체를 만들지요. 입으로 들어가서 몸속을 지나온 공기가 방귀로 나오는 경우에도 냄새가 심하지 않아요.

(1) 이처럼 방귀는 어른과 아이, 남자와 여자를 가리지 않고 누구나 뀌어요. 심지어 개나 고양이도 방귀를 뀌지요. (　　　)

(2) 이처럼 방귀는 우리가 먹은 음식물이 소화될 때 생긴 기체, 입으로 들어간 공기 때문에 나오는 거예요. 음식물이 분해될 때 나오는 기체에 따라 방귀 냄새가 더 구리기도 하고 덜 구리기도 하지요. (　　　)

(3) 방귀 소리는 뱃속의 기체가 항문을 비집고 나오면서 나는 거예요. 방귀를 요란하게 뀌면 창피해요. 하지만, 방귀는 참지 말고 뀌어야 해요. 방귀를 참으면 우리 몸에 좋지 않거든요. 방귀를 참으면 안 되는 이유를 알아볼까요? (　　　)

유형 3 설명문의 끝부분에 들어갈 내용 알기

설명문에 이어질 끝부분의 특징이 잘 드러난 문단을 찾는 문제입니다.

분해될 여러 부분이 결합되어 이루어진 것을 그 낱낱으로 나뉨.

●글의 종류 설명문

●글의 특징 이 글은 다양한 곤충의 집에 대해 꿀벌, 개미 등을 예로 들어 설명한 글입니다.

●중심 내용
(가) 곤충들이 짓는 집에 대해 알아보기로 함.
(나) 꿀벌은 밀랍으로 육각형 모양의 방이 붙은 집을 지음.
(다) 개미는 땅속에 굴을 파서 여러 개의 방을 만들고 구분해서 사용함.
(라) 거위벌레는 나뭇잎을 잘라 접고 말아서 집을 만듦.
(마) 이 밖에도 다양한 곤충들이 여러 재료를 이용하여 집을 지음.
(바) 곤충은 다양한 재료로 집을 지어 알이나 애벌레를 기르고 몸을 지키며 살고 있음.

●낱말 풀이
밀랍 벌집을 만들기 위하여 꿀벌이 분비하는 물질.
잎맥 잎살 안에 분포되어 있는 관다발과 그것을 둘러싼 부분.
호리병 위와 아래가 둥글며 가운데가 잘록한 모양으로 생긴 병.
꽁무니 동물의 등마루를 이루는 뼈의 끝이 되는 부분이나 곤충의 배 끝부분.

(가) 곤충은 지구에 살고 있는 동물의 80% 정도를 차지할 정도로 수가 많아요. 알려진 곤충만 해도 약 100만 종에 달하지요. 곤충 가운데는 집을 짓고 사는 곤충도 있답니다. 어떤 곤충이 어떤 집을 짓고 사는지 함께 알아볼까요?

(나) 꿀벌은 밀랍이라는 물질을 토해 내서 집을 지어요. 집은 육각형 모양의 방이 다닥다닥 붙은 형태로 이루어져 있어요. 꿀벌은 그곳에 꿀과 꽃가루를 저장해요. 여왕벌이 방 안에 알을 낳으면, 일벌들이 알을 돌보며 애벌레로 자랄 때까지 기르기도 하지요.

(다) 개미는 보통 땅속에 집을 지어요. 굴을 파서 여러 개의 방을 만들고, 방과 방을 연결하는 통로도 만들지요. 방은 여왕개미가 알을 낳는 방, 알을 모아 두고 돌보는 방, 알에서 깨어난 애벌레를 돌보는 방, 먹이를 저장하는 방 등으로 구분해서 사용해요.

(라) 거위벌레는 나뭇잎으로 집을 만들어요. 집의 재료가 될 나뭇잎을 꼼꼼히 고른 다음, 잎맥을 중심으로 양쪽을 싹둑싹둑 잘라요. 자른 부분을 접고, 돌돌 말아서 집을 완성하지요. 이렇게 만든 집 안에 알을 낳는데, 이 집은 나뭇잎이 시들면 바닥으로 떨어져요. 알에서 깨어난 애벌레는 이 나뭇잎 집을 먹고 자라요.

(마) 이 밖에도 호리병벌은 흙으로 항아리나 호리병 모양의 집을 만들고, 거품벌레 애벌레는 꽁무니에서 하얀 거품을 부글부글 내뿜어 집으로 삼아요. 날도래 애벌레는 모래와 나뭇가지를 뭉쳐서 집을 짓고, 도롱이나방 애벌레는 나무껍질 조각을 침으로 붙여서 집을 만들지요.

(바) 이처럼 곤충은 다양한 재료를 이용해서 저마다 살기에 알맞은 형태의 집을 짓고 있어요. 그 집에서 알이나 애벌레를 기르고, 적으로부터 몸을 지키며 살고 있을 거예요.

지문 ★☆☆

낱말 ★☆☆

1주 3일 학습 끝!
붙임 딱지 붙여요.

1 이해 **이 글에서 설명하는 것은 무엇입니까? (　　　)**

① 애벌레　② 곤충의 집　③ 곤충의 적
④ 곤충의 구조　⑤ 곤충의 종류

2 이해 **이 글에 대한 설명으로 알맞지 않은 것은 무엇입니까? (　　　)**

① 집을 짓고 사는 곤충이 있다.
② 개미는 보통 땅속에 집을 짓는다.
③ 거위벌레는 거위 털을 이용해 집을 짓는다.
④ 호리병벌은 흙으로 항아리나 호리병 모양의 집을 만든다.
⑤ 꿀벌의 집은 육각형 모양의 방이 다닥다닥 붙은 형태이다.

3 구조 **다음 설명문의 짜임에 맞게 ㈎~㈓의 기호를 쓰세요.**

처음	가운데	끝
(1) (　　　)	(2) (　　　)	(3) (　　　)

4 추론 **다음 그림은 어떤 곤충의 집인지 찾아 쓰세요.**

전기문에 대해 알기

★ 다음 중 세종 대왕의 전기문에 들어갈 내용만 골라 선으로 이으세요.

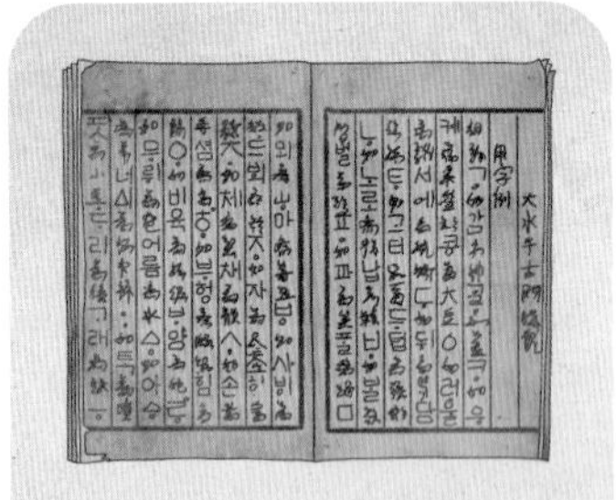

(1) 한글인 훈민정음을 만들었다.

(2) 앙부일구를 비롯해 여러 과학 기구를 만들게 했다.

(3) 백성을 사랑하고 아꼈다.

(4) 별을 관측하는 첨성대를 만들었다.

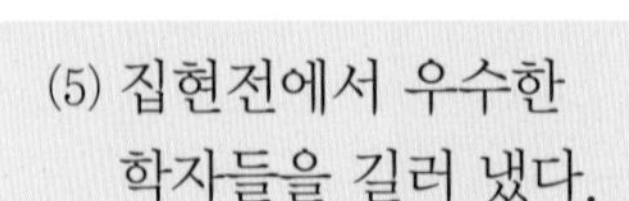

(5) 집현전에서 우수한 학자들을 길러 냈다.

(6) 고구려, 백제, 신라의 삼국을 통일했다.

주제 탐구

전기문은 인물의 삶을 역사적인 사실에 근거해 쓴 글입니다. 그래서 전기문에는 인물이 살았던 시대 상황과 한 일 등이 사실에 근거해 기록되어 있습니다. 또, 인물이 한 말과 행동을 살펴보면 인물의 생각과 가치관을 짐작할 수 있습니다.

1 다음 빈칸에 들어갈 낱말을 보기 에서 찾아 쓰세요.

보기

명언 사실 의견 가치관 시대 상황

• 전기문은 인물의 삶을 역사적인 ( )에 근거해 쓴 글이다.

2 전기문에 대한 설명이 맞으면 ○표, 틀리면 X표 하세요.

(1) 전기문을 보면 인물의 가치관을 알 수 있다. ( )
(2) 전기문에는 인물이 살았던 시대 상황이 나타난다. ( )
(3) 전기문에는 인물에 대해 상상한 내용이 담겨 있다. ( )

3 ㉮~㉱를 인물이 한 일과 인물의 가치관이 드러난 부분으로 구별하여 기호를 쓰세요.

㉮ 이순신 장군은 거북선을 만들고, 왜의 침략으로부터 조선을 지켰다.
㉯ 링컨은 흑인 노예들이 비참하게 살아가는 모습을 보며 생각했다.
'아! 어떻게 피부색이 다르다는 이유로 사람을 돈으로 사고팔며, 짐승처럼 부릴 수 있단 말인가? 옳지 못한 일이다.'
㉰ 에디슨이 전기를 저장하는 장치를 만들 때 실패를 거듭하자, 사람들이 에디슨을 위로했다.
"세상에! 2만 5천 번이나 실패하다니, 속상하고 힘들겠어요."
그러자 에디슨은 이렇게 말했다.
"실패가 아닙니다. 전기를 저장하는 장치가 작동하지 않는 2만 5천 가지 경우를 알아낸걸요."
㉱ 안데르센은 「미운 아기 오리」, 「인어 공주」, 「성냥팔이 소녀」, 「벌거벗은 임금님」 등 전 세계 아이들이 사랑하는 동화를 많이 썼다.

(1) 인물이 한 일: ( ) (2) 인물의 가치관: ( )

유형 1 전기문의 특성 알기

역사적 사실에 근거해 인물의 삶을 쓴 전기문의 특성을 파악하는 문제입니다.

1 국어

이 글에 대한 설명으로 알맞지 않은 것은 무엇입니까? (　　　)

베토벤은 1770년 12월 17일, 독일에서 가난한 음악가의 아들로 태어났어요. 어머니는 베토벤을 사랑하며 늘 다정했지만 베토벤의 아버지는 아들을 이름난 음악가로 만들려고 몹시 엄하게 대했어요.

"쉬지 말고 연습해라! 그래야 모차르트처럼 유명해질 수 있어."

어린 베토벤은 날마다 손가락이 아플 만큼 피아노를 쳤어요.

"휴, 힘들구나. 그래도 난 음악이 제일 좋아."

베토벤은 음악에 뛰어난 재능을 보였어요. 열네 살에는 당당히 음악가로 일하게 되었지요.

① 베토벤의 삶을 사실에 근거해 쓴 전기문이다.
② 베토벤의 어린 시절을 상상해서 쓴 이야기이다.
③ 베토벤이 음악에 재능이 있었다는 것을 알 수 있다.
④ 베토벤이 1770년 독일에서 태어났다는 것을 알 수 있다.
⑤ 베토벤이 어릴 때부터 열심히 피아노를 쳤다는 것을 알 수 있다.

유형 2 전기문에서 시대 상황 파악하기

강감찬 장군이 살았던 고려에서는 어떤 일이 일어났는지 시대 상황을 파악합니다.

둑 하천이나 호수의 물, 바닷물의 범람을 막기 위하여 설치하는 구축물.
물보라 물결이 바위 따위에 부딪쳐 사방으로 흩어지는 잔물방울.

2 사회

인물이 살았던 시대 상황을 알맞게 말한 것에 ○표 하세요.

1018년, 거란이 고려로 쳐들어왔어요. 강감찬 장군은 일흔의 나이에도 불구하고 고려를 지키기 위해 군사들을 이끌고 달려갔어요. 흥화진의 강가에 숨어 거란군을 기다렸지요. 강감찬 장군은 군사들에게 소가죽을 여러 장 이어서 강물 위쪽을 막으라는 명령을 내렸어요.

이윽고 거란군이 나타나 첨벙첨벙 강물을 건너오기 시작했어요.

"지금이다! 소가죽 둑을 터뜨려라!"

막혀 있던 강물이 허연 물보라를 일으키며 흘러내렸어요. 거란군은 거센 물살에 휩쓸려 떠내려갔지요.

(1) 1018년에 거란이 고려로 쳐들어왔어.

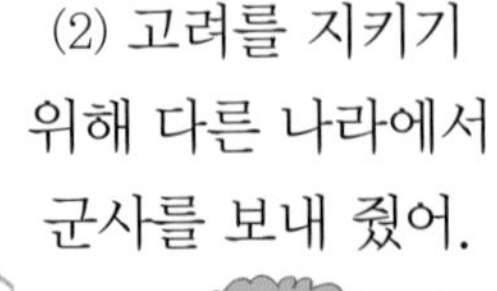

(2) 고려를 지키기 위해 다른 나라에서 군사를 보내 줬어.

(3) 비가 많이 와서 거란군이 거센 물살에 휩쓸려 떠내려갔어.

3 이 글에서 라이트 형제가 한 일에 ○표 하세요.

국어

"우아! 날았다! 날았어!"

키티호크 언덕에 모인 사람들은 환호성을 질렀어요. 1903년 12월 17일, 라이트 형제가 만든 동력 비행기 플라이어 1호가 비행에 성공한 거예요.

그동안 사람들은 글라이더를 이용해서 바람을 타고 날기도 하고, 사람은 타지 않은 채 비행기만 띄우기도 했어요. 직접 동력 비행기를 타고 조종을 해서 하늘을 난 것은 라이트 형제가 처음이었지요. 이로써 사람도 새처럼 하늘을 날아서 원하는 곳으로 갈 수 있게 된 거예요.

(1) 세계 최초의 동력 비행기 키티호크를 만들었다. (   )
(2) 세계 최초로 글라이더를 이용해서 하늘을 날았다. (   )
(3) 세계 최초로 동력 비행기를 조종해서 하늘을 나는 데 성공했다. (   )

유형 3 전기문에서 인물이 한 일 찾기

글에서 라이트 형제가 한 일을 찾습니다.

동력 기계를 움직이게 하는 힘.
글라이더 엔진과 프로펠러 같은 추진 장치 없이 바람이나 중력을 에너지로 삼아 비행하는 항공기.

4 ㉠에서 알 수 있는 페스탈로치의 가치관은 무엇입니까? (   )

국어

페스탈로치는 부모를 여의고 집도 없이 거리를 떠도는 아이들을 데려와 보살폈어. 그런 페스탈로치를 보고 사람들은 혀를 차며 말했지.

"쯧쯧, 뭐 하러 거지 아이들을 돌본단 말이오. 그 녀석들은 말도 안 듣고, 고마운 것도 모를 텐데. 혹시 말썽을 부리거든 혼쭐을 내주시구려."

하지만 페스탈로치는 고개를 가로저었어.

㉠"꾸짖고 나무라기보다는 사랑으로 아이들을 대할 생각입니다. 또, 공부도 가르칠 거예요. 이 아이들도 사랑과 교육을 받는다면 틀림없이 훌륭한 사람으로 자랄 겁니다."

아이들은 이런 페스탈로치의 마음을 알아주었어. 소문을 듣고 페스탈로치를 찾아오는 아이들이 점점 늘어났단다.

① 아이들을 매로 다스려야 한다.
② 엄격하게 예절을 가르쳐야 한다.
③ 다른 사람의 말을 무시해야 한다.
④ 사랑으로 아이들을 교육해야 한다.
⑤ 공부를 가르친다고 공부를 잘하는 것이 아니다.

유형 4 인물의 말에서 가치관 파악하기

인물이 한 말에서 드러나는 가치관을 짐작합니다.

여의고 부모나 사랑하는 사람이 죽어서 이별하고.
나무라기보다는 상대방의 잘못이나 부족한 점을 꼬집어 말하기보다는.

● **글의 종류** 전기문

● **글의 특징** 이 글은 방정환의 업적을 쓴 전기문으로, 그의 삶과 가치관이 드러나 있습니다.

● **낱말 풀이**
아동 심리학 어린이의 생각과 행동을 연구하는 학문.
번역했어요 어떤 언어로 된 글을 다른 언어의 글로 옮겼어요.

지문 ★★☆

낱말 ★★☆

방정환은 1899년에 서울에서 태어났어요. 방정환이 살았던 당시 우리나라는 일본의 지배를 받고 있었어요. 방정환은 성장하면서 일본을 물리치려면 일본을 알아야 한다고 생각했지요. 그래서 스물두 살이 되던 해, 방정환은 일본으로 공부를 하러 떠났어요.

일본에서 아동 심리학을 공부하며 방정환은 깨달았어요.

'우리나라의 미래는 우리 아이들에게 달렸다. 아이들은 동화를 읽으며 꿈과 희망을 키운다. 그런데 우리나라에는 아직 동화책 한 권 없지 않은가.'

그날부터 방정환은 세계의 명작 동화를 우리말로 번역했어요. 얼마 뒤, 우리나라 최초의 동화집 『사랑의 선물』이 세상에 나왔지요.

우리나라로 돌아온 방정환은 어린이를 존중하자는 운동을 펼치기 시작했어요. 이때까지만 해도 우리나라에는 '어린이'라는 말이 없었어요. 어른들은 어린아이를 '어린것', '애새끼', '자식 놈'으로 낮추어 부르며 하찮게 여겼어요.

㉠"<u>아이를 어린 사람이라는 뜻의 '어린이'라고 부릅시다! 어린이를 어엿한 한 사람으로 존중합시다!</u>"

방정환은 전국을 돌아다니며 외쳤어요. '어린이'라는 말도 점점 널리 쓰이게 되었지요. 1923년, 방정환은 우리나라 최초의 어린이 잡지 『어린이』를 펴내고, 어린이를 위한 단체인 '색동회'를 꾸렸어요. 방정환과 색동회는 어린이의 소중함을 일깨우기 위해 '어린이날'을 만들었어요.

어린이를 위해 쉼 없이 일하던 방정환은 1931년, 서른세 살의 젊은 나이에 세상을 떠나고 말았어요. 그러나 '어린이'라는 말과 '어린이날'은 지금도 우리 곁에 남아 그의 뜻을 전하고 있지요.

1주 4일 학습 끝!

붙임 딱지 붙여요.

1 이 글에 대한 설명으로 알맞은 것에 ○표 하세요.

이해

(1) 방정환에 대해 상상하여 꾸며 쓴 이야기이다. (　　)

(2) 방정환의 삶을 역사적 사실에 근거해 쓴 전기문이다. (　　)

(3) 방정환처럼 훌륭한 인물을 본받자고 주장하는 글이다. (　　)

2 이 글에서 방정환이 한 일이 아닌 것은 무엇입니까? (　　)

이해

① 어린이날을 만들었다.

② 세계의 명작 동화를 우리말로 번역하였다.

③ 우리나라 최초의 잡지 『색동회』를 만들었다.

④ 우리나라 최초의 동화집 『사랑의 선물』을 펴냈다.

⑤ 어린이를 어엿한 한 사람으로 존중하자는 운동을 펼쳤다.

3 방정환이 살았던 시대 상황으로 알맞은 것을 모두 고르세요. (　　　　)

이해

① 우리나라는 일본의 지배를 받고 있었다.

② 1899년에 우리나라가 일본의 침략을 물리쳤다.

③ 어른들이 아이들을 낮추어 부르며 하찮게 여겼다.

④ 우리나라에는 어린이를 위한 동화책이 무척 많았다.

⑤ 일본이 우리나라에서 어린이를 존중하자는 운동을 벌였다.

4 ㉠에서 알 수 있는 방정환의 가치관이에요. 빈칸에 알맞은 낱말을 쓰세요.

추론

• 어린이를 [　][　] 하자.

독서 감상문에 대해 알기

★ 다음은 어떤 책의 독서 감상문인지 길을 찾아 빈칸에 책의 제목을 쓰세요.

결국 임금님은 속옷만 입은 채 거리를 행진하고, 사람들은 어리석다는 말을 들을까 봐 누구도 사실대로 말하지 못한다. 그때 한 아이가 소리친다.
"임금님이 벌거벗었다!"

나는 인어 공주가 물거품으로 변하는 장면에서 눈물이 났다. 그래도 인어 공주가 사라지지 않고 세상을 날아다니는 공기 요정이 되어서 다행이라고 생각했다.

나는 오늘 『정글 북』이라는 책을 읽었다. 책이라면 질색하는 우리 형이 이 책을 아주 재미있게 읽는 것을 보고 어떤 책인지 궁금했기 때문이다.

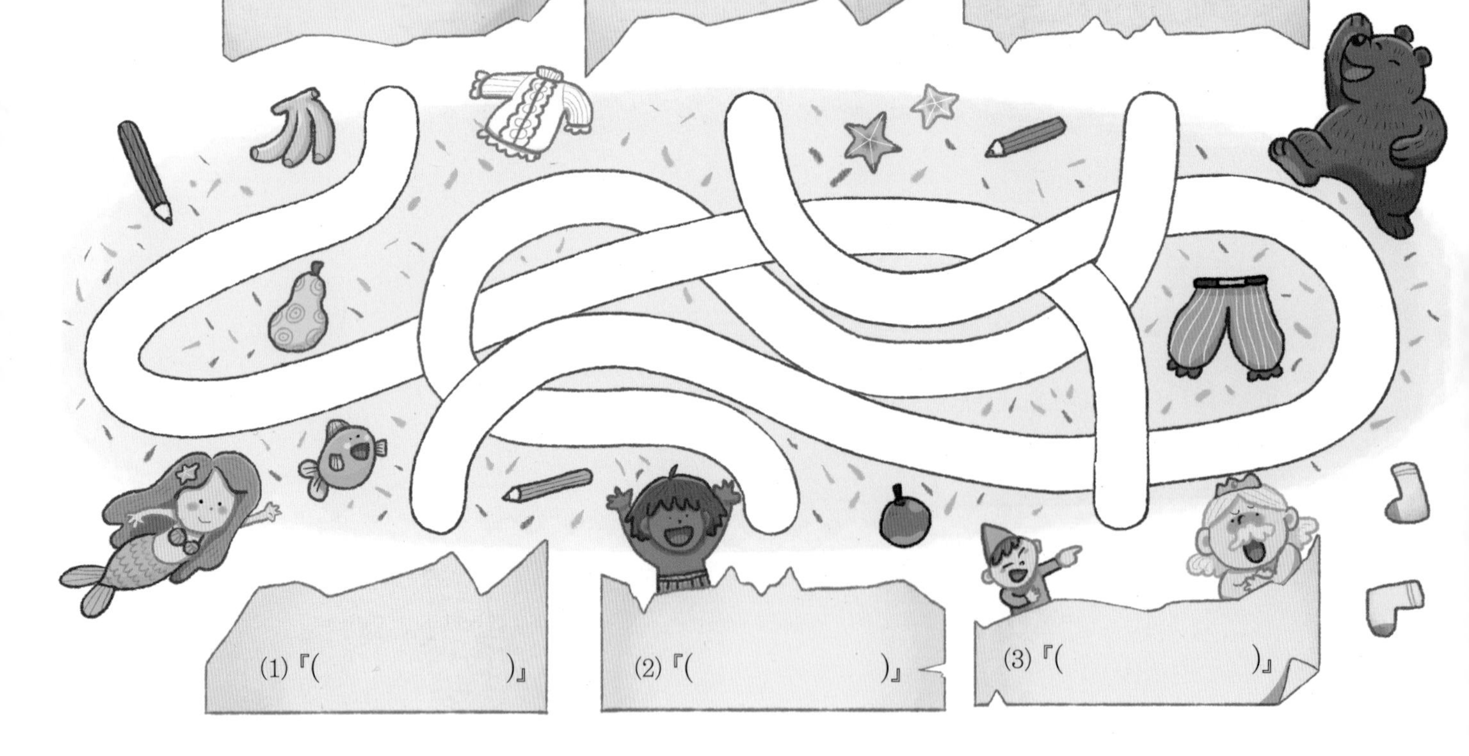

(1) 『(　　　　　　)』 (2) 『(　　　　　　)』 (3) 『(　　　　　　)』

주제 탐구

독서 감상문은 책을 읽고 나서 자신의 생각이나 느낌을 적은 글입니다. 독서 감상문에는 책을 읽은 동기, 책의 내용, 책을 읽고 난 뒤의 생각과 느낌을 씁니다. 또, 새롭게 알게 된 점이나 생각과 느낌에 대한 까닭도 쓸 수 있으며 책의 내용과 어울리게 제목을 붙입니다. 독서 감상문은 일기, 편지 등 여러 가지 형식으로 표현할 수 있습니다.

1 다음 글에 해당하는 내용을 찾아 선으로 이으세요.

(1) 임금님은 속옷만 입은 채 거리를 행진했다. •	• ① 책을 읽은 동기
(2) 인어 공주가 공기 요정이 되어서 다행이라고 생각했다. •	• ② 책 내용
(3) 어떤 책인지 궁금해서 읽게 되었다. •	• ③ 책을 읽고 느끼거나 생각한 점

● (2~3) 다음을 읽고 물음에 답하세요.

[   ]

(가) 나는 오늘 『정글 북』이라는 책을 읽었다. 책이라면 질색하는 우리 형이 이 책을 아주 재미있게 읽는 것을 보고, 어떤 책인지 궁금했기 때문이다.

(나) 『정글 북』은 모글리라는 아이가 정글의 늑대 무리에서 자라는 이야기이다. 모글리는 자신을 잡아먹으려는 호랑이 시어칸과 싸우고, 곰 발루에게 정글의 법칙을 배워 나갔다. 또 늑대 무리가 하이에나 떼의 공격을 받자, 늑대 무리에 속한 일원으로서 늑대를 도와 싸웠다.

(다) 나는 모글리가 정글에서 동물들과 함께 살아가는 모습이 신기했다. 호랑이에게 맞서고 친구들을 도와주는 모글리가 무척 멋지다는 생각도 들었다.

2 빈칸에 들어갈 독서 감상문의 제목에 ○표 하세요.

(1) 거짓말에 속아 망신을 당한 임금님 (   )
(2) 물거품으로 사라진 슬픈 운명의 인어 공주 (   )
(3) 늑대 무리에서 자란 멋진 아이, 모글리를 만나고 (   )

3 (가)~(다) 중 책을 읽고 느낀 점이 들어 있는 부분의 기호를 쓰세요. (   )

유형 1 책을 읽은 동기 찾기

독서 감상문에서 책을 읽게 된 까닭이 드러난 부분을 찾습니다.

1 국어

㉠~㉤ 중 책을 읽은 동기가 나타난 부분은 어디입니까? (　　　)

㉠말썽꾸러기 톰 소여

㉡오늘 『톰 소여의 모험』이라는 책을 읽었다. 나는 모험을 좋아한다. '모험'이라는 말만 들어도 가슴이 두근두근 설레고 호기심이 든다. ㉢이 책도 제목에 모험이라는 말이 들어 있어서 도서관에서 빌려 보았다.

주인공 톰 소여는 엄청난 장난꾸러기이다. ㉣톰은 해적이 되겠다면서 친구 허크, 벤과 함께 몰래 섬으로 간다. ㉤숨겨진 보물을 찾아다니다가 유령의 집에서 엄청나게 많은 금화를 발견하기도 한다.

① ㉠　② ㉡　③ ㉢　④ ㉣　⑤ ㉤

유형 2 독서 감상문의 형식 파악하기

편지 형식으로 쓰여진 독서 감상문의 특성을 파악하는 문제입니다.

2 국어

이 글의 형식에 대해 알맞게 말한 것을 골라 ○표 하세요.

피터 팬에게

안녕? 피터 팬!

오늘 『피터 팬』 책을 읽었어. 오래 전에 네가 나오는 만화 영화를 봤지만, 책에는 어떤 이야기가 담겨 있는지 궁금했거든.

거기에는 네가 웬디와 존, 마이클을 네버랜드로 데려간 이야기, 길 잃은 열두 명의 아이들과 지내는 이야기, 인디언 아가씨 릴리를 구해 준 이야기, 후크 선장과 싸우는 이야기 등이 더 자세히 나와 있더라.

네 이야기는 정말 신기하고 재미있어서 나도 네버랜드로 가고 싶다는 생각이 들었어. 피터 팬, 오늘 밤에 요정 팅커 벨이랑 날 찾아와 주지 않을래?

20○○년 ○○월 ○○일

지후가

(1) 『피터 팬』을 읽고 나서 느낀 점을 일기 형식으로 썼어. (　　　)

(2) 『피터 팬』을 읽고 나서 주인공 피터 팬에게 보내는 편지 형식으로 독서 감상문을 썼어. (　　　)

(3) 『피터 팬』을 읽은 후 책의 내용에 대해 친구와 이야기를 나누는 대화 형식으로 썼어. (　　　)

3 이 글에 대한 설명으로 알맞지 않은 것은 무엇입니까? (　　　)

국어

20○○년 ○○월 ○○일	날씨: 맑다가 흐림.

(가) **제목:** 내 잘못도 돌아보게 한 돌절구

(나) 오늘은 비가 와서 밖에 나가 놀지 못했다. 동생이랑 싸워서 같이 안 놀기 때문에 온종일 심심했다. 그래서 옛이야기 책을 뒤적거리다가 「이상한 돌절구」라는 이야기를 골라 읽었다. 돌절구가 이상하다니, '뭐가 이상할까?' 하는 궁금증이 들었기 때문이다.

(다) 「이상한 돌절구」에는 사이가 나쁜 형제가 나온다. 하루는 형이 산골짜기에서 돌절구를 발견하고, 동생에게 집으로 가져가자고 한다. 형제는 돌절구를 집으로 가져와서 곡식을 넣고 찧는다. 그런데 곡식이 돈으로 변한다. 형제는 부자가 되었지만, 서로 돌절구를 갖겠다고 싸운다. 그러자 땅이 갈라지며 돌절구가 땅속으로 사라져 버린다. 그제야 형제는 잘못을 뉘우치며 의좋은 형제가 된다.

(라) 「이상한 돌절구」를 읽으니, 동생과 싸운 일이 떠올랐다. 어제 삼촌이 준 장난감 로봇을 서로 갖겠다고 싸우다가 로봇이 망가진 일이 있었다. 그때 나는 "너 때문이야!" 하고 동생에게 몹시 화를 냈는데, 「이상한 돌절구」를 읽고 나서 나도 잘못했다는 것을 깨달았다. 앞으로는 동생과 사이좋게 지내야겠다.

① 일기 형식으로 쓴 독서 감상문이다.
② (가)는 글쓴이가 읽은 책의 제목이다.
③ (나)는 글쓴이가 책을 읽게 된 동기이다.
④ (다)는 글쓴이가 읽은 이야기의 내용이다.
⑤ (라)는 글쓴이가 이야기를 읽고 난 뒤 느낀 점이다.

유형 3 독서 감상문의 특성 파악하기

독서 감상문을 구성하는 내용과 형식을 파악하는 문제입니다.

그제야 앞에서 이미 이야기한 바로 그때에 이르러서야 비로소.
의좋은 서로 사귀어 친하여진 정이 두터운.

★ 독서 감상문의 특징을 생각하며 글을 읽어 보세요.

● 글의 종류 독서 감상문

● 글의 특징 이 글은 『빨간 머리 앤』을 읽고 난 생각과 느낌을 적은 독서 감상문입니다.

● 낱말 풀이
진통제 통증을 없애거나 덜어 주는 약물.

지문 ★☆☆

낱말 ★★☆

어제부터 오늘까지 『빨간 머리 앤』을 읽었다. ㉠책이 두꺼워서 읽을까 말까 망설이고 있는데, 언니가 재미있다며 읽어 보라고 권했기 때문이다.

앤은 고아원에서 초록색 지붕 집에 오게 된다. ㉡초록색 지붕 집의 주인인 마릴라 아주머니와 매슈 아저씨는 원래 농사일을 도울 사내아이를 데려오려고 했다. 그런데 이야기가 잘못 전해져서 여자아이인 앤이 오게 되었다. 마릴라 아주머니는 앤을 고아원으로 돌려보내려고 하다가 함께 살기로 한다. ㉢나는 앤이 고아원으로 돌아가지 않고 초록색 지붕 집에서 살게 되어 무척 다행이라고 생각했다.

앤은 초록색 지붕 집에 살면서 다이애나와 다정한 친구가 된다. 함께 학교에 다니며 여러 가지 즐거운 일도 벌인다. 앤은 상상력이 풍부하고 말을 재미있게 하는 명랑한 아이이다. ㉣하지만 케이크에 진통제를 넣기도 하고, 명령 내리기 놀이를 하다가 지붕에서 떨어지기도 하고, 머리를 초록색으로 물들이는 등 갖가지 실수를 한다.

나는 책을 읽으며 앤이 나랑 비슷하다고 생각했다. 나도 앤처럼 상상을 많이 하고, 실수도 자주 한다. 책에서 앤은 "제 좋은 점은요, 같은 실수를 반복하지 않는 거예요."라고 말했다. ㉤나도 앤을 본받아 같은 실수를 반복하지 말아야겠다.

1주 5일 학습 끝!

붙임 딱지 붙여요.

1 이해

이 글을 쓴 까닭은 무엇입니까? (　　　)

① 실수를 반복하지 말자고 주장하려고
② 본받을 만한 위인의 삶과 업적을 알리려고
③ 『빨간 머리 앤』 책에 대해 자세하게 설명하려고
④ 앤의 빨간 머리를 상상하여 이야기를 꾸며 쓰려고
⑤ 『빨간 머리 앤』 책의 내용과 느낌을 오래 간직하려고

2 이해

글쓴이가 읽은 책의 내용으로 알맞지 않은 것은 무엇입니까? (　　　)

① 앤과 다이애나는 다정한 친구 사이다.
② 앤은 두꺼운 책을 싫어해서 읽기를 망설였다.
③ 앤은 머리를 초록색으로 물들이는 실수를 했다.
④ 앤은 마릴라 아주머니, 매슈 아저씨와 함께 산다.
⑤ 앤은 학교에 다니며 여러 가지 즐거운 일을 벌인다.

3 이해

㉠~㉤ 중 다음에 해당하는 부분의 기호를 쓰세요.

(1) 책을 읽은 동기: (　　　　　　　　)
(2) 책 내용: (　　　　　　　　)
(3) 책을 읽고 난 뒤의 생각과 느낌: (　　　　　　　　)

4 이해

빈칸에 들어갈 제목으로 알맞지 않은 것은 무엇입니까? (　　　)

① 재미있는 친구 앤
② 초록색 지붕 집의 앤
③ 빨간 머리 앤을 만나다
④ 실수투성이, 나랑 비슷한 앤
⑤ 초록색 지붕 집의 마릴라 아주머니

표준어와 방언

'표준어'는 한 나라의 표준이 되는 말이에요. 표준어는 보통 그 나라의 수도에서 쓰는 말로, 우리나라의 표준어는 서울말이지요. 뿌리가 같은 하나의 말들은 여러 지역에서 각각 다른 모습으로 변해 왔는데, 이것을 방언 또는 사투리라고 해요. 표준어는 여러 방언 가운데 하나를 대표로 정한 것으로, 서울말도 방언의 하나예요.

표준어와 방언의 관계

- **표준어** 모든 국민이 배우고 쓸 수 있게 나라에서 대표로 정한 말이에요. 우리나라에서는 '교양 있는 사람들이 두루 쓰는 현대 서울말'을 표준어로 정했어요.
- **표준어의 가치** 표준어를 쓰면 국민들끼리 의사소통하기에 편리해서 국민들의 통합이 쉬워져요. 또, 지식이나 정보를 얻기에 유리하고 교육에도 효율적이에요.
- **방언** 하나의 말이 오랜 기간에 걸쳐 조금씩 변해 지역적으로 차이가 나는 말이에요. 서울이 포함된 중부 방언 외에 서북 방언, 동북 방언, 서남 방언, 동남 방언, 제주 방언 등이 있지요. 우리나라는 좁은 땅에 산이 많아 지역 방언의 차이가 큰 편이에요.
- **방언의 가치** 우리말의 여러 가지 특성이 드러나 우리말의 역사를 연구하는 데 큰 도움을 주지요. 방언에는 지역 사람들의 삶의 모습이 들어 있어요. 그래서 같은 방언을 사용하는 사람들 사이에서 친근감을 느끼게 해 주는 말이에요.

1 표준어에 대한 설명이면 '표', 방언에 대한 설명이면 '방'이라고 쓰세요.

(1) 현대 교양 있는 서울 사람들이 쓰는 말이다. (　　)
(2) 우리말의 역사를 연구하는 데 효과적인 말이다. (　　)
(3) 국민들이 서로 의사소통하는 데 편리한 말이다. (　　)
(4) 하나의 말이 오랜 시간에 걸쳐 변해 지역적으로 차이가 나는 말이다. (　　)

2 다음을 표준어로 바꾼 문장을 보기 에서 찾아 기호를 쓰세요.

보기
㉮ 어떻게 된 일이니? ㉯ 뭐 하니?
㉰ 할아버지, 어디 가세요? ㉱ 정말 반갑구나!

(1) 뭐 하노? (　　) (2) 우예 된 일이고? (　　)
(3) 겁나게 반갑구마이! (　　) (4) 할배, 워디 가세유? (　　)

이번 주 나의 독해력은?				
	이번 주 학습을 모두 끝마쳤나요?			
	설명하는 글의 짜임을 잘 알고 있나요?			
	전기문에 대해 잘 알고 있나요?			

정답 1. (1) 표 (2) 방 (3) 표 (4) 방 2. (1) ㉯ (2) ㉮ (3) ㉱ (4) ㉰

PART 2

추론 독해

글에 숨겨진 정보를 짐작해 보고 생략된 내용이나 숨겨진 주제,
글을 쓴 목적을 찾아보며 읽어요.
그리고 글에 드러난 관점이나 글쓴이의 주장과 근거,
표현 방법 등을 비판하며 읽는 방법도 배워요.

contents

06 글쓴이가 전하려는 마음 파악하기

2주

★ 병아리가 어미 닭에게 가는 길을 찾고 있어요. 두 낱말 중 마음을 나타내는 말을 골라 길을 찾아 주세요.

주제 탐구

글쓴이가 전하려는 마음을 파악하려면 누가 누구에게 쓴 글인지, 어떤 일에 대해 썼는지 살펴보아야 합니다. 특히 글쓴이의 마음이 드러나는 표현을 찾으며 글쓴이가 전하려는 마음이 무엇인지 짐작해 봅니다.

1 다음 그림에서 전하려는 마음을 보기 에서 골라 기호를 쓰세요.

보기

㉮ 즐거운 마음	㉯ 고마운 마음	㉰ 미안한 마음
㉱ 그리운 마음	㉲ 부끄러운 마음	㉳ 응원하는 마음

(1) ( ) (2) ( )

(3) ( ) (4) ( )

2 다음 문장이 전하려는 마음으로 맞으면 ○표, 틀리면 X표 하세요.

(1) 노래를 잘 부르지 못해서 얼굴이 화끈화끈 달아올랐어.

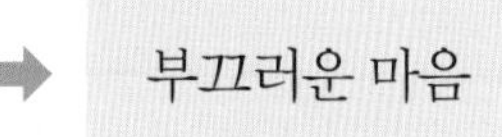

(2) 하필 놀이공원에 놀러 가기로 한 날 비가 오다니! 내 기분도 어둡고 비 내리는 날씨 같아.

(3) 내가 몹시 갖고 싶어 하던 변신 로봇 알지? 오늘 삼촌이 그 로봇을 선물로 사 주셨어.

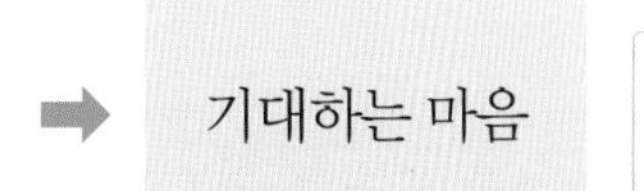

유형 1 글쓴이가 전하려는 마음 파악하기

정약용이 편지에서 아들에게 전하려는 마음을 파악합니다.

1 이 편지에서 아버지가 아들에게 전하려는 마음은 무엇입니까? ( )

국어

유야, 보거라

네가 열 살 이전에는 몸이 약해서 병이 나는 일이 잦았다.

그런데 소식을 들으니 요즘에는 몸이 튼튼하고 굳세졌다고 하더구나.

또한 마음에도 힘이 생겨서 거친 밥도 잘 먹고 괴로움을 견딜 줄 안다니, 이 아버지는 무엇보다 반갑구나.

책을 읽고, 행동을 가다듬고 집안을 돌보는 모든 일이 마음의 힘에서 비롯된 것이란다.

정약용, '둘째 아들 학유에게 보낸 편지' 중에서

① 기쁜 마음
② 힘겨운 마음
③ 궁금한 마음
④ 미안한 마음
⑤ 못마땅한 마음

유형 2 글쓴이의 마음이 드러난 표현 파악하기

은수에게 사과하는 편지를 쓴 민준이의 마음이 드러난 표현이 무엇인지 찾는 문제입니다.

2 ㉠~㉤ 중 민준이의 마음이 드러나지 않은 표현의 기호를 쓰세요. ( )

국어

은수에게

은수야, 나 민준이야.

너에게 ㉠사과하고 싶은데, 용기가 나지 않아서 편지를 써.

오늘 체육 시간에는 앞구르기 연습을 했지. 너는 잘해 보려고 애썼지만 자꾸만 ㉡실패했고. 그런데 내가 '넌 공이랑 닮았는데, 왜 구르기를 못하냐'는 우스운 말을 하면서 크게 웃었잖아?

내가 정말 ㉢잘못했어. 네 얼굴이 새빨개지고 눈에 눈물이 그렁그렁 맺힌 모습을 보고, 그런 말을 한 것을 몹시 ㉣후회했어.

은수야, 정말 ㉤미안하다.

20○○년 9월 3일

민준이가

3 빈칸에 들어갈 알맞은 말을 보기 에서 골라 쓰세요.

국어

지민이에게

지민아, 안녕?

나 하윤이야. 너에게 고마운 마음을 전하려고 이렇게 편지를 써.

학교에서 너랑 헤어지고 집으로 돌아오는데, 한 달 전 내가 처음 전학 왔을 때가 떠올랐어. 그때 난 모든 것이 낯설고 어색하기만 했어. 처음 우리 반 아이들 앞에서 자기소개를 할 때는 긴장해서 목소리까지 부들부들 떨렸지. 아이들이 말을 걸어도 제대로 대답하지 못했고, 난 이곳에서 친구를 사귈 수 없을 것만 같았어.

그런데 네가 웃으며 다가와 주었어. 낯선 학교에 대해 이것저것 알려 주고, 반 친구들과 선생님에 대한 이야기도 들려주었지. 네 덕분에 나는 새 학교에서 즐겁게 생활해 나갈 수 있었어. 한 달 전만 해도 학교에 오는 것이 싫었는데, 지금은 학교 생활이 무척 즐거워.

지민아, 친구가 되어 줘서 고마워. 우리 앞으로도 다정한 친구로 지내자.

20○○년 6월 21일

하윤이가

보기

지민　편지　두려운　하윤　전학　고마운　미안한

(1) 누가 누구에게: (　　　　　　)(이)가 (　　　　　　)(이)에게 쓴 편지입니다.

(2) 있었던 일: 처음 (　　　　　　) 왔을 때의 일을 썼습니다.

(3) 전하려는 마음: (　　　　　　) 마음을 전하고 있습니다.

유형 3 있었던 일과 전하려는 마음 파악하기

편지에서 받는 사람과 쓴 사람 사이에 있었던 일을 파악하여 글쓴이가 전하려는 마음을 짐작합니다.

★ 글쓴이가 전하려는 마음을 생각하며 글을 읽어 보세요.

●글의 종류 편지

●글의 특징 이 글은 은채가 실버 합창단원이 되신 할아버지께 응원하는 마음을 전하려고 쓴 편지입니다. 은채가 응원하는 마음을 드러내려고 사용한 표현을 살펴보며 읽습니다.

●낱말 풀이
합창단원 합창단의 한 구성원으로 노래를 하는 사람.

지문 ★☆☆

낱말 ★☆☆

할아버지께

할아버지, 안녕하세요?

저 은채예요. 오늘 엄마에게 할아버지께서 실버 합창단원이 되어 공연을 하신다는 소식을 들었어요. 그래서 공연을 앞두고 열심히 연습을 하고 계실 할아버지를 응원하고 싶었어요.

할아버지께서는 가수가 되는 게 꿈이었다고 하셨어요. 음악을 즐겨 들으시며 늘 노래를 흥얼거리셨지요. 몇 달 전, 할아버지 생신날에는 기분이 좋다시며 노래 한 곡을 부르셨잖아요? 그때 전 깜짝 놀랐어요. 할아버지께서 노래를 그렇게 잘 부르시는지 몰랐거든요. 할아버지께서 가수의 꿈을 이루지 못하신 것이 무척 안타까웠어요. 그런데 실버 합창단원이 되어 공연을 하신다니 정말 기쁜 일이지 뭐예요.

요즘 날씨가 춥고 목감기가 유행이래요. 할아버지께서도 목감기에 걸리지 않도록 조심하세요. 다음 주 일요일이 실버 합창단 공연 날이지요?

아! 할아버지께서 무대에서 멋진 공연을 펼치실 모습이 눈앞에 그려져요. 그날 엄마랑 아빠랑 할아버지의 공연을 꼭 보러 갈게요.

사랑해요. 할아버지!

20○○년 12월 3일

은채 올림

2주 1일 학습 끝!

붙임 딱지 붙여요.

1 이 글을 읽고 빈칸에 들어갈 알맞은 말을 쓰세요.

이해

• (   )이/가 (   )에게/께 쓴 편지이다.

2 이 글의 내용으로 알맞지 않은 것은 무엇입니까? (   )

이해

① 할아버지는 공연을 앞두고 계시다.
② 할아버지는 실버 합창단원이 되셨다.
③ 할아버지는 가수가 되는 것이 꿈이셨다.
④ 할아버지는 음악을 즐겨 들으며 늘 노래를 흥얼거리셨다.
⑤ 은채는 할아버지의 노래 실력을 몇 년 전부터 알고 있었다.

3 은채가 할아버지께 전하려는 마음은 무엇입니까? (   )

추론

① 그리운 마음
② 고마운 마음
③ 미안한 마음
④ 궁금한 마음
⑤ 응원하는 마음

4 이 글의 표현에 나타난 은채의 마음을 알맞게 선으로 이으세요.

추론

(1) 할아버지께서 가수의 꿈을 이루지 못하신 것이 무척 안타까웠어요. •
(2) 아! 할아버지께서 무대에서 멋진 공연을 펼치실 모습이 눈앞에 그려져요. •
(3) 요즘 날씨가 춥고 목감기가 유행이래요. 할아버지께서도 목감기에 걸리지 않도록 조심하세요. •

• ① 걱정하는 마음
• ② 안타까운 마음
• ③ 기대하는 마음

시간적, 공간적 배경 파악하기

★ 구슬 주머니 안에 시간적 배경과 공간적 배경을 나타내는 낱말 구슬이 들어 있어요. 시간적 배경을 나타내는 낱말은 노란색 주머니, 공간적 배경을 나타내는 낱말은 초록색 주머니에 쓰세요.

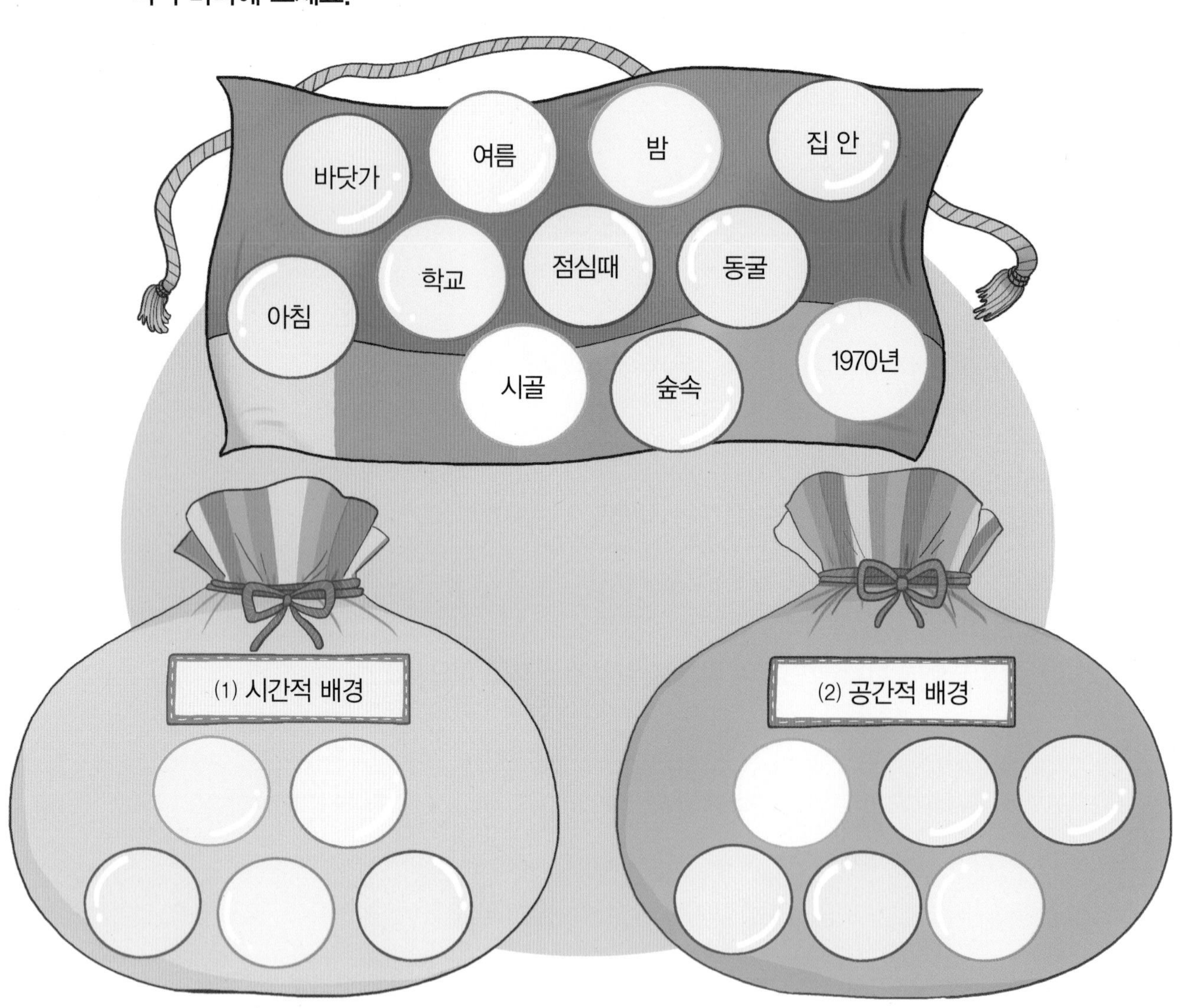

주제 탐구

시간적 배경은 이야기에서 사건이 일어난 때로, '언제'에 해당하는 것입니다. 공간적 배경은 이야기에서 사건이 일어난 장소로, '어디'에 해당합니다.

1 시간적 배경과 공간적 배경에 대한 내용끼리 선으로 이으세요.

(1) 시간적 배경 •	• ① 사건이 일어난 장소 •	• ㉮ 언제
(2) 공간적 배경 •	• ② 사건이 일어난 때 •	• ㉯ 어디

2 그림에 어울리는 시간적 배경과 공간적 배경을 노란색과 초록색 주머니에서 골라 쓰세요.

(1)

• 시간적 배경: (   )
• 공간적 배경: (   )

(2)

• 시간적 배경: (   )
• 공간적 배경: (   )

(3)

• 시간적 배경: (   )
• 공간적 배경: (   )

(4)

• 시간적 배경: (   )
• 공간적 배경: (   )

유형 1 시간적 배경 찾기

이야기에서 꼬부랑 할머니에게 일이 일어난 때를 알려 주는 말을 찾습니다.

1 ㉠~㉤ 중 일이 일어난 때를 가리키는 말을 두 가지 고르세요. ( )

국어

㉠옛날에 꼬부랑 할머니가 ㉡팥밭을 매고 있는데 갑자기 호랑이가 나타났어요.

"어흥! 배가 고파서 할멈을 잡아먹어야겠다!"

"호랑이야, 내가 이 팥을 거둘 때까지 기다려 주려무나. 그럼 내가 쑨 ㉢팥죽도 먹고, 나도 잡아먹을 수 있지 않겠느냐?"

"음, 그거 좋은 생각이구먼."

할머니는 간신히 무서운 호랑이한테서 목숨을 건졌어요.

하지만 ㉣시간이 흘러 ㉤가을이 왔어요. 할머니는 정성을 들여 키운 팥을 거두어들였지요.

① ㉠ ② ㉡ ③ ㉢ ④ ㉣ ⑤ ㉤

유형 2 공간적 배경 찾기

이야기에서 사건이 일어난 장소를 나타내는 말이 아닌 것을 찾습니다.

쏠아 쥐나 좀 따위가 물건을 잘게 물어뜯어.
극성 성질이나 행동이 몹시 드세거나 지나치게 적극적임.

2 ㉠~㉤ 중 일이 일어난 장소를 나타내지 않는 말을 골라 기호를 쓰세요.

국어

옛날 ㉠독일의 ㉡하멜른에서 있었던 일이다. ㉢어느 날부터가 ㉣마을에 쥐들이 들끓기 시작했다. 쥐들은 곡식을 훔쳐 먹고, 물건을 쏠아 못 쓰게 만들고, 아이들을 물기도 했다.

"어휴, 쥐들이 극성을 피워 견딜 수가 없네!"

쥐들에게 시달리던 사람들은 ㉤광장에 모여 회의를 열었다. 하지만 아무리 의견을 나누어도 쥐 떼를 몰아낼 뾰족한 방법이 없었다.

그때 웬 낯선 사내가 사람들 앞으로 나섰다.

"제가 쥐 떼를 없애 드리겠습니다. 그 대가로 금화 백 닢을 주십시오."

그림 형제, 「피리 부는 사나이」

( )

3 이 글에서 일이 일어난 장소가 어떻게 바뀌었는지 빈칸에 알맞은 말을 쓰세요.

국어

어느 겨울날이었습니다. 톰은 아침밥도 먹지 못한 채 거리로 구걸을 하러 나갔습니다.

'지난밤 꿈에 본 궁전은 정말 멋졌는데. 맛있는 음식도 많고.'

톰은 행복했던 꿈을 떠올리며 터덜터덜 걸음을 옮겼습니다. 그러다가 집에서 점점 멀어져 작은 숲을 지났습니다. 퍼뜩 정신을 차린 톰은 깜짝 놀랐습니다.

"우아! 엄청나게 커다란 집이로구나. 혹시 여기가 궁전일까?"

톰은 으리으리한 궁전 앞을 서성였습니다. 그때 금빛 울타리 안으로 화려한 옷을 걸친 소년이 나타났습니다.

'오! 왕자님인가 봐.'

마크 트웨인, 『왕자와 거지』

• (　　　　　　) ➡ 작은 숲 ➡ (　　　　　　)

유형 3 공간적 배경의 변화 파악하기

이야기가 벌어지면서 톰이 있었던 장소가 어떻게 바뀌는지 파악합니다.

구걸 남에게 돈이나 먹을 거리를 달라고 하는 것.
퍼뜩 갑자기 정신이 드는 모양.

4 이 글에서 가장 나중에 일어난 일은 무엇입니까? (　　　)

국어

호랑이 담배 먹고 까막까치 말할 적 이야기야. 한 선비가 길을 가다가 까치들을 잡아먹으려고 나무를 기어오르는 구렁이를 봤어. 선비는 활을 쏘아 구렁이를 죽이고 까치들을 구해 주었지. 그러고는 산을 넘어가는데, 해가 뉘엿뉘엿 저물고 어둠이 내렸어. 선비는 산속에서 길을 잃고 이리저리 헤맸지.

어느새 달이 선비 머리 꼭대기 위로 떠올랐어. 그때 저만치 반짝이는 불빛이 보였어. 선비가 불빛을 따라가 보니 웬 집이 한 채 있었단다.

① 선비가 멀리서 반짝이는 불빛을 보았다.
② 선비는 어둠이 내린 산속에서 길을 잃고 헤맸다.
③ 선비는 활을 쏘아 구렁이를 죽이고 까치들을 구했다.
④ 선비는 반짝이는 불빛을 따라가 집을 한 채 발견했다.
⑤ 선비가 길을 가다가 까치를 잡아먹으려는 구렁이를 보았다.

유형 4 일이 일어난 차례 파악하기

이야기에서 시간과 장소의 변화에 따라 일이 일어난 차례를 파악합니다.

까막까치 까마귀와 까치를 아울러 이르는 말.

 ★ 시간적, 공간적 배경을 생각하며 글을 읽어 보세요.

●**글의 종류** 이야기(소설)

●**글의 특징** 걸리버가 항해 중에 배가 부서져서 소인국, 대인국, 하늘을 나는 섬나라, 말(馬)나라 등으로 떠돌아다니면서 신기한 경험을 하는 이야기 『걸리버 여행기』의 일부입니다. 주어진 글은 폭풍을 만나 간신히 육지에 다다른 걸리버가 소인국 사람들에게 붙잡힌 것을 깨닫고 놀라는 부분입니다.

●**낱말 풀이**

항해 배를 타고 바다 위를 다니는 것을 뜻함.

순조로웠다 아무 탈이나 말썽 없이 일이 예정대로 잘되어 갔다.

지문 ★★☆

낱말 ★★☆

㉠어느 날, 앤틸로프호의 선장이 걸리버를 찾아왔다.

"걸리버 선생님, 우리 배에 의사로 와 주십시오. 인도로 가는 긴 항해를 하다 보면 아픈 사람이 생길 수도 있거든요."

"좋습니다. 그러지요."

늘 먼 곳으로 여행을 떠나고 싶었던 걸리버는 선장의 제안을 흔쾌히 받아들였다.

㉡1699년 5월 4일, 걸리버가 탄 배는 ㉢영국을 떠났다. 여섯 달 동안 항해는 순조로웠다. 그런데 ㉣11월 15일, 거센 폭풍이 몰아쳤다. 배는 산산이 조각나고, 걸리버는 바다에 빠진 채 이리저리 파도에 휩쓸려 다녔다. 걸리버는 있는 힘껏 헤엄쳐 간신히 육지에 다다랐다.

"여긴 어딜까? 사람도, 집도 보이지 않는구나."

걸음을 옮기던 걸리버는 그만 쓰러져 잠이 들고 말았다.

눈부신 햇살에 걸리버는 잠에서 깼다. 자리에서 일어나려고 했는데 몸은커녕 고개도 움직일 수 없었다. 온몸이 가느다란 밧줄에 묶여 있었기 때문이다. 걸리버는 눈알을 돌려서 주위를 살폈다. 그때 몸 위로 15센티미터 정도밖에 안 되는 작은 사람들이 줄줄이 올라와 돌아다니는 모습이 보였다.

"으아악!"

걸리버는 놀라서 비명을 질렀다. 그러자 작은 사람들도 놀라며 걸리버의 몸에서 뛰어내렸다.

'세상에! 내가 작은 사람들이 사는 소인국에 잡혀 있다니!'

걸리버는 밧줄을 끊으려고 몸을 뒤틀었다.

조너선 스위프트, 『걸리버 여행기』

1 이 글에서 일어난 일을 두 가지 고르세요. (　　　　　)

이해

① 배에 아픈 사람이 많이 생겼다.
② 걸리버는 소인국으로 항해를 떠났다.
③ 걸리버가 탄 배가 거센 폭풍을 만났다.
④ 걸리버가 소인국의 작은 사람들에게 붙잡혔다.
⑤ 걸리버가 탄 배가 여섯 달 동안 파도에 휩쓸려 다녔다.

2주 2일 학습 끝!

붙임 딱지 붙여요.

2 ㉠~㉣ 중 시간적 배경을 가리키는 말이 아닌 것을 골라 기호를 쓰세요.

이해

(　　　　　)

3 다음 사건이 일어나게 된 공간적 배경은 어디입니까? (　　　)

이해

잠에서 깬 걸리버는 온몸이 가느다란 밧줄로 묶여 있어 움직일 수 없었다.

① 바다　② 영국　③ 집 안
④ 소인국　⑤ 앤틸로프호

4 이 글에서 일어난 일의 차례에 맞게 빈칸에 ㉮~㉱의 기호를 쓰세요.

구조

㉮ 걸리버는 온몸이 가느다란 밧줄에 묶여서 움직일 수 없었다.
㉯ 배가 거센 폭풍을 만나 산산조각이 나서 걸리버가 바다에 빠졌다.
㉰ 파도에 휩쓸린 걸리버는 있는 힘껏 헤엄쳐 간신히 육지에 닿았다.
㉱ 걸리버는 앤틸로프호의 선장에게 의사로 항해에 참여해 달라는 제안을 받았다.

㉱ ➡ (　　　　　) ➡ (　　　　　) ➡ (　　　　　)

글쓴이의 의견과 까닭 파악하기

★ 세 친구가 아파트 게시판에 의견을 밝히는 쪽지를 붙였어요. 글쓴이의 의견에는 빨간색 밑줄을, 의견을 뒷받침하는 까닭에는 파란색 밑줄을 그어 보세요.

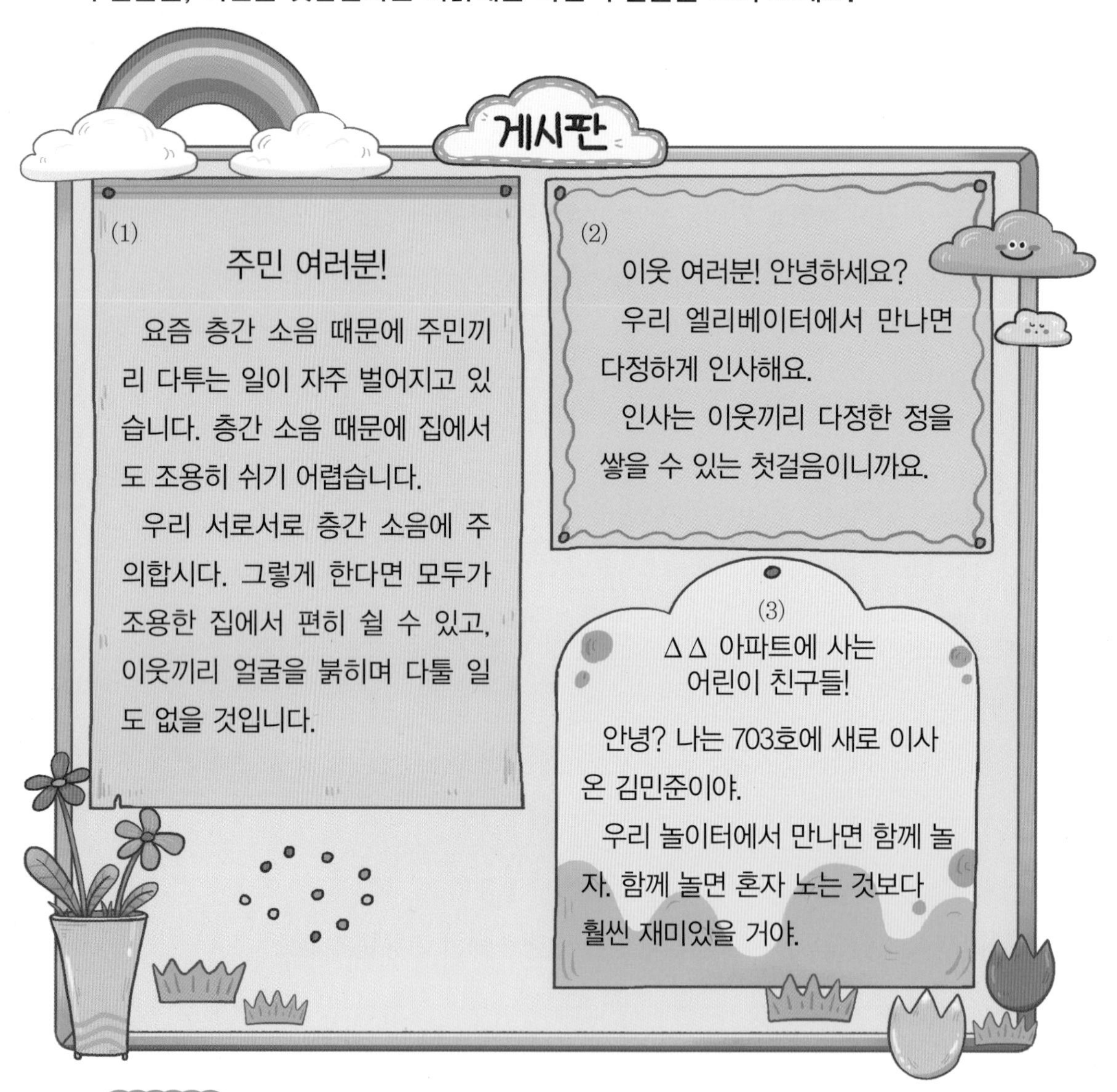

주제 탐구

의견은 글쓴이가 어떤 대상에 대해 가지는 생각입니다. 의견을 제시하는 글을 읽을 때에는 문제 상황이 무엇인지 찾아 그에 대한 글쓴이의 의견을 파악합니다. 글쓴이의 의견이 읽는 사람이 들어줄 수 있는 의견인지 생각하고 의견을 뒷받침하는 까닭이 알맞은지도 생각해 봅니다.

1 노란색 쪽지를 살펴보고 글 내용의 순서에 맞게 숫자를 쓰세요.

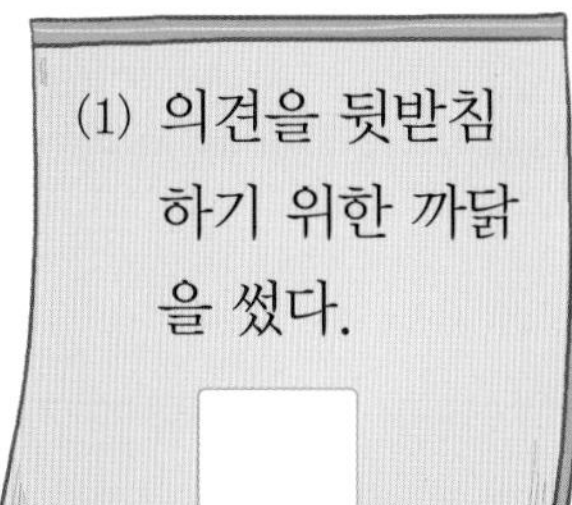

2 다음 의견을 보고, 의견에 알맞은 까닭을 선으로 이으세요.

의견			까닭
(1) 전기를 아껴 써야 한다.	•	•	① 운동장에 쓰레기가 많아 보기에 좋지 않다. 또, 날카롭거나 위험한 쓰레기 때문에 학생들이 다칠 수 있기 때문이다.
(2) 바르고 고운 말을 써야 한다.	•	•	② 비 오는 날 신발을 신고 학교에 들어오는 학생들이 많아 출입구가 물에 젖어 있다. 이 때문에 많은 학생들의 양말도 젖고 있다.
(3) 학교 운동장에 쓰레기통을 설치해야 한다.	•	•	③ 전기를 만들려고 석탄, 석유 같은 화석 연료를 태우면 환경이 오염되기 때문이다.
(4) 비 오는 날에는 출입구 밖에서 신발을 벗자.	•	•	④ 줄임 말이나 외계어를 알아듣지 못하는 친구가 소외감을 느낄 수 있다. 또, 어른들과 대화할 때 정확한 뜻을 전달하기 어렵기 때문이다.

유형 1 글쓴이의 의견 찾기

글쓴이가 문제 상황을 해결하기 위해 어떤 의견을 제시했는지 파악합니다.

한정되어 수량이나 범위 따위가 제한되어 정해져.
기부하자고 다른 사람을 위해 돈이나 물건을 대가 없이 내놓자고.

1 이 글에 나타난 글쓴이의 의견으로 알맞은 것은 무엇입니까? (　　　)

국어

요즘에는 도서관을 이용하는 사람이 많습니다. 하지만 도서관을 찾는 사람에 비해 도서관에 있는 책이 많이 부족합니다. 도서관에서 책을 구입할 수 있는 비용이 한정되어 있기 때문입니다.

그래서 여러분께 이미 읽어서 다시 보지 않는 책을 도서관에 기부하자고 제안합니다. 이렇게 하면 도서관은 비용을 더 들이지 않고도 많은 책을 갖추어 놓을 수 있습니다. 또한 도서관을 이용하는 사람들은 다양한 책을 빌려 볼 수 있어서 좋을 것입니다.

① 도서관을 늘려야 한다.
② 도서관에 있는 책의 수를 늘려야 한다.
③ 안 보는 책을 도서관에 기부해야 한다.
④ 도서관에서 다양한 책을 빌려 보아야 한다.
⑤ 도서관에서 책을 구입하는 비용을 늘려야 한다.

유형 2 의견을 뒷받침하는 까닭 파악하기

'체험형 동물원을 없애야 한다.'는 글쓴이의 의견을 뒷받침하는 까닭을 파악하는 문제입니다.

2 ㉠~㉤ 중 의견을 뒷받침하는 까닭을 두 가지 골라 기호를 쓰세요.

국어

㉠'체험형 동물원'을 찾는 사람이 늘고 있습니다. ㉡체험형 동물원은 비교적 온순한 동물을 기르며, 사람들이 가까이에서 보거나 만질 수 있게 하는 동물원입니다.

㉢그러나 저는 체험형 동물원을 없애야 한다고 봅니다. ㉣그곳의 동물들은 낯선 사람들의 손길에 큰 스트레스를 받습니다. ㉤또, 체험형 동물원은 동물에 대한 잘못된 생각을 심어 줄 수도 있습니다. 동물을 하나의 생명으로 존중하기보다 장난감처럼 만지고 귀여워하는 대상으로 여기게 하는 것입니다. 동물의 입장에서 생각한다면 체험형 동물원은 사라져야 합니다.

(　　　　　　　　　　)

3 건우가 다음과 같은 의견을 내게 된 문제 상황으로 알맞은 것은 무엇입니까? (　　　)

국어

유형 3 문제 상황 파악하기

'장점을 별명으로 부르자.'는 건우의 의견과 뒷받침하는 까닭을 바탕으로 건우가 의견을 내게 된 문제 상황을 파악합니다.

4학년 2반 친구들에게

얘들아, 안녕? 나 건우야.

너희도 알겠지만, 요즘 우리 반에서는 기분 나쁜 별명 때문에 다툼이 자주 일어나고 있어. 그저께는 용민이랑 하은이가 서로 싫어하는 별명을 불러서 싸움이 났어. 어제는 남자아이들과 여자아이들이 편을 나누어 약점을 놀리는 별명을 불러대서 아주 큰 싸움이 났지.

별명은 친구를 친근하게 느낄 수 있는 말이잖아? 그러니 이제부터는 약점을 놀리는 기분 나쁜 별명이 아니라, 친구의 장점을 별명으로 지어서 불렀으면 좋겠어. 장점을 별명으로 부른다면 분명히 듣는 사람도 기분이 좋을 거야. 별명이 없는 친구에게 별명을 지어 주려다 보면 몰랐던 장점을 찾을 수도 있지. 무엇보다 별명 때문에 싸우는 일이 사라질 것이라고 생각해.

우리 오늘부터 친구의 별명을 부를 때는 장점을 별명으로 지어 부르자. 모두가 즐겁고 사이좋게 지낼 수 있도록 너희들이 내 생각을 꼭 받아들여 줬으면 좋겠어.

20○○년 ○○월 ○○일

건우가

장점을 별명으로 지어 부르자.

① 반에서 물건을 잃어버리는 일이 자주 일어난다.

② 반 친구들의 약점을 찾아 따돌리는 친구들이 많다.

③ 기분 나쁜 별명 때문에 반 친구들 사이에 다툼이 자주 일어난다.

④ 반 친구들끼리 서로 사이가 좋아 수업 시간에도 떠들 때가 많다.

⑤ 새 학기가 시작된 지 얼마 되지 않아 반 친구들의 사이가 서먹하다.

●글의 종류 논설문

●글의 특징 이 글은 과대 포장이 환경을 오염시키고 물건 양을 가늠하기 어렵게 하므로 과대 포장을 하지 말자고 주장하는 글입니다.

●중심 내용
(가) 과대 포장은 여러 가지 문제를 안고 있음.
(나) 과대 포장에 쓰이는 비닐과 플라스틱 포장지는 환경 오염의 원인이 됨.
(다) 물건의 양을 제대로 알 수 없어 과대 포장에 대한 소비자의 불만이 큼.
(라) 문제를 해결하려면 포장에 사용하는 비닐과 플라스틱의 양을 줄여야 함.
(마) 내용물에 알맞게 포장하고 큰 포장을 하지 못하도록 규제해야 함.
(바) 과대 포장은 환경과 소비자 모두에게 피해를 주므로, 그만두어야 함.

●낱말 풀이
용기 물건을 담는 그릇.
배출한다고 안에서 밖으로 밀어 내보낸다고.
포장재 물건을 포장하는 데 쓰는 재료.
규제해야 규칙이나 규정을 세워 제한해야.
가늠하기가 사물을 어림잡아 헤아리기가.

지문 ★☆☆
낱말 ★★☆

(가) 내용물에 비해 지나치게 많은 재료를 들여서 물건을 포장하는 것을 '과대 포장'이라고 합니다. 과대 포장은 여러 가지 문제를 안고 있습니다.

(나) 환경부 발표에 따르면, 우리나라는 세계에서 두 번째로 포장 비닐과 플라스틱 포장 용기 쓰레기를 많이 배출한다고 합니다. 이는 과대 포장과도 관계가 깊습니다. 비닐과 플라스틱 같은 포장지 쓰레기는 썩는 데만 수십 년에서 수백 년이 걸리기 때문에 환경을 오염시키는 원인이 됩니다.

(다) 과대 포장에 대한 소비자의 불만도 큽니다. 많은 사람이 "과대 포장 때문에 물건의 양을 제대로 알 수 없다."라고 말합니다. "포장지를 샀더니, 물건이 따라왔다!"는 말로 과대 포장 문제를 꼬집기도 합니다.

(라) 이런 문제를 해결하려면 첫째, 포장에 사용하는 비닐과 플라스틱의 양을 줄여야 합니다. 그러면 썩지 않는 포장 쓰레기로 인한 환경 오염을 줄일 수 있습니다. 또 포장재로 들어가는 자원도 아낄 수 있습니다.

(마) 둘째, 내용물에 알맞게 포장하고 물건의 크기나 양에 비해 지나치게 큰 포장을 하지 못하도록 규제해야 합니다. 그렇게 하면 포장지에 작은 글씨로 적힌 내용물의 양을 일일이 확인하지 않고도 물건의 양을 가늠하기가 훨씬 쉬워질 것입니다.

(바) 과대 포장은 환경과 소비자 모두에게 피해를 주는 일입니다. 따라서 물건을 만드는 회사는 환경과 소비자를 생각해 과대 포장을 그만두어야 합니다.

2주 3일 학습 끝!

붙임 딱지 붙여요.

1 빈칸에 들어갈 알맞은 말을 쓰세요.

이해

• 내용물에 비해 지나치게 많은 재료를 들여 물건을 포장하는 것을 [ ] (이)라고 한다.

2 이 글에서 문제 상황이 구체적으로 드러난 문단의 기호를 두 가지 쓰세요.

이해

( )

3 이 글에서 글쓴이가 말한 의견으로 알맞지 않은 것은 무엇입니까? ( )

이해

① 포장에 사용하는 비닐과 플라스틱의 양을 줄여야 한다.
② 포장된 물건의 양을 파악할 수 있게 투명하게 포장해야 한다.
③ 과대 포장은 환경을 오염시키는 원인이 되므로 그만두어야 한다.
④ 내용물에 알맞게 포장하고 지나치게 큰 포장을 하지 못하게 규제해야 한다.
⑤ 과대 포장은 소비자가 물건의 양을 가늠하기 어렵게 하므로 그만두어야 한다.

4 (마)에 나타난 글쓴이의 의견과 까닭을 알맞게 평가한 친구에 ○표 하세요.

비판

(1) 문제 상황을 해결할 수 있는 의견이지만, 뒷받침하는 까닭은 개인적인 생각이야.

(2) 문제 상황을 해결할 수 있는 의견이고 뒷받침하는 까닭도 알맞게 들었어.

(3) 문제 상황을 해결할 수 있는 의견은 아니지만, 뒷받침하는 까닭은 잘 제시했어.

09
2주
인물의 성격 짐작하기
★ 귀여운 강아지가 강을 건너려고 하고 있어요. 강아지가 무사히 징검다리를 건널 수 있게 인물의 성격을 나타내는 말이 쓰여진 돌을 골라 색칠하세요.
출발
큼지막하다
온순하다
뚱뚱하다
밀려나다
씩씩하다
친절하다
인색하다
유명하다
용감하다
거들먹거리다
도착
주제 탐구
이야기에는 다양한 성격을 가진 인물이 등장합니다. 성격은 착하거나 못된 것뿐 아니라, '인색하다', '명랑하다', '지혜롭다', '용감하다' 등으로 아주 다양합니다. 이렇게 성격을 나타낸 말을 찾거나 인물의 말과 행동, 생각 등을 파악해 성격을 짐작할 수 있습니다.

1 그림 속 인물의 성격으로 알맞은 말을 보기 에서 골라 기호를 쓰세요.

보기

㉮ 용감하다. ㉯ 겁이 많다. ㉰ 친절하다. ㉱ 명랑하다.

(1) (   )

(2) (   )

(3) (   )

(4) (   )

2 이야기 속 아이의 성격으로 알맞은 말을 골라 ○표 하세요.

마을 사람들은 걱정스러운 얼굴로 이야기를 나누었다.
"호랑이가 또 사람을 해쳤다니, 큰일이구려."
"그렇다고 별 수 있나. 사람은 호랑이를 못 당하는데. 그저 산에 얼씬도 하지 않는 수밖에 도리가 없어. 그나저나 땔감은 어디서 구할꼬."
그때 한 아이가 나섰다. 아이는 좋은 생각이 떠올랐다는 듯 눈을 빛내며 말했다.
"제게 호랑이를 잡을 방법이 있습니다. 호랑이가 다니는 길에 함정을 깊이 파고 먹이로 유인하면 어떻겠습니까? 함정에 빠진 호랑이를 잡는 일은 어려울 것이 없으니까요."

- 함정을 파고 호랑이를 잡자는 아이의 말로 미루어, 아이는 **(소심한 / 지혜로운)** 성격임을 알 수 있다.

유형 1 인물의 성격을 나타내는 말 찾기

'가시나무'의 말과 태도에서 성격을 나타내는 말을 찾습니다.

볼품없이 겉으로 드러나 보이는 모습이 초라하게.

1 '가시나무'의 성격을 나타내는 말을 빈칸에 쓰세요.

국어

숲속에 키가 크고 우람한 전나무가 한 그루 있었어. 그 옆에는 작은 가시나무가 있었지. 전나무는 으스대며 가시나무에게 말했어.

"가시나무야, 너는 왜 그렇게 키가 작고, 볼품없이 생겼냐? 쓸모없는 가시까지 잔뜩 달렸구나. 멋진 내가 부럽지?"

그러자 가시나무가 당당하게 대꾸했어.

"키만 크면 뭐 해? 난 내 가시가 좋아. 볼품없지만 뾰족한 가시 덕분에 아무도 날 함부로 건드리지 못하거든. 그래서 난 마음 편히 지낼 수 있어."

• 전나무는 으스대는 성격이고, 가시나무는 (   ) 성격이다.

유형 2 인물의 말과 행동에서 성격 짐작하기

자린고비의 말과 이웃 마을까지 된장이 묻은 파리를 쫓는 행동을 통해 성격을 짐작합니다.

한데 '그런데'의 뜻을 나타내는 말.

2 이 글에 나타난 '자린고비'의 성격은 어떠합니까? (   )

국어

어느 날, 자린고비의 부인이 장독에서 된장을 풀 때였어. 파리 한 마리가 된장에 앉았다가 웽 하고 날아올랐어. 파리 다리에 된장이 보이지도 않을 만큼 쪼끔 묻었지. 한데 자리고비가 그걸 보더니 눈을 휘둥그렇게 뜨고 소리쳤어.

"아이고, 아까워라! 저 파리가 내 된장을 가져가는구나!"

자린고비는 파리를 잡으려고 손을 휘둘렀어. 사람이 잡으려고 하니, 파리는 얼른 멀리 날아갔지. 자린고비는 이웃 마을까지 쫓아가서 기어이 파리를 잡았어. 그러고는 파리 다리에 묻은 된장을 쪽쪽 빨아먹었단다.

① 소심하다. ② 인자하다. ③ 쾌활하다.
④ 인색하다. ⑤ 용맹하다.

3 ㉠~㉤ 중 '젊은이'의 성격이 드러난 곳의 기호를 쓰세요. (　　　)

국어

옛날에 머리 아홉 달린 괴물이 살았어. ㉠덩치는 커다랗고, 성질은 사납고, 힘은 당할 사람이 없었지. 머리 아홉 달린 괴물은 마을 사람들을 잡아가더니, ㉡궁궐로 쳐들어가서 공주까지 붙잡아 갔어.

㉢"이런 변이 있나! 당장 괴물에게 잡혀간 공주를 구해 오너라!"

임금님이 명령을 내렸지만, ㉣다들 슬금슬금 뒤로 물러섰어. 머리 아홉 달린 괴물이 좀 무서워야 말이지. 그때 한 젊은이가 찾아왔어. ㉤젊은이는 용감하게도 괴물을 물리치고 공주님을 구해 오겠다고 말했어.

유형 3 인물의 성격이 드러난 부분 찾기

글에서 젊은이의 용감한 성격을 표현한 부분을 찾습니다.

4 이 글에 나타난 '양철 나무꾼'의 성격을 알맞게 짐작한 친구에 ○표 하세요.

국어

도로시는 허수아비와 양철 나무꾼에 이어 새로 만난 사자와도 친구가 되었어요. 이들은 함께 오즈로 향했어요. 그날은 별일 없이 평화로웠어요. 양철 나무꾼이 실수로 작은 딱정벌레를 밟아 죽인 일만 빼고는 말이지요.

'나는 비록 따뜻한 심장이 없지만, 작은 벌레라도 해치지 않으려고 늘 조심했는데. 어쩌다 이런 일을 저질렀을까? 불쌍한 딱정벌레.'

양철 나무꾼은 길을 걸으며 자꾸만 눈물을 흘렸어요. 결국 흘러내린 눈물 때문에 턱이 녹슬어서 입을 벌릴 수 없게 되었지요. 뒤늦게 도로시와 허수아비가 기름을 쳐 준 뒤에야 양철 나무꾼은 입을 벌릴 수 있었답니다.

라이먼 프랭크 바움, 『오즈의 마법사』

유형 4 인물의 생각에 드러난 성격 짐작하기

양철 나무꾼의 생각을 통해 인물의 성격을 짐작하는 문제입니다.

(1) 심장도 없고 딱정벌레를 밟아 죽이다니, 양철 나무꾼은 잔인한 성격이야.

(2) 실수로 작은 딱정벌레를 밟아 죽인 양철 나무꾼은 무심한 성격이야.

(3) 작은 벌레도 해치지 않으려는 양철 나무꾼은 마음이 따뜻해.

●**글의 종류** 이야기(동화)

●**글의 특징** 이 글은 훈장님을 스스로 밖으로 나가게 하는 내기에서 막둥이가 기발한 꾀를 내어 이긴 일을 쓴 이야기입니다.

●**낱말 풀이**
서당 옛날에 개인이 한문을 가르치던 곳.
훈장 옛날에 서당에서 글을 가르치던 선생님.
궁리했지요 마음속으로 이리저리 따져 깊이 생각했지요.
불티 타는 불에서 튀는 작은 불똥.
느긋하게 마음에 흡족하여 여유가 있고 넉넉하게.

지문 ★☆☆

낱말 ★★☆

옛날에 어느 서당에서 글을 가르치던 훈장님이 아이들에게 말했어요.

"우리 재미있는 내기를 하나 하자. 나를 방에서 스스로 나가게 해 보려무나. 누구든 성공하면 모두에게 맛있는 엿을 상으로 주마!"

"우아! 좋아요!"

아이들은 신이 나서 대답했어요. 그러고는 '어떻게 훈장님을 밖으로 나가게 할까?' 궁리했지요. 그런데 그게 영 쉽지가 않았어요.

"훈장님! 밖에 손님이 찾아오셨습니다."

"그러냐? 손님께 안으로 들어오시라고 전해라."

"훈장님! 불이 났어요. 빨리 서당에서 피하세요."

"저런, 내 눈에는 불티도 안 보이는구나."

훈장님은 느긋하게 대답하며 방에서 한 발짝도 움직이지 않았지요.

그때 서당에서 가장 어린 막둥이가 말했어요.

㉠<u>"훈장님! 훈장님을 밖으로 나가시게 하기는 너무 어렵습니다. 하지만 밖에 계신 훈장님을 방으로 들어오시게 하는 내기라면 당장 이길 수 있습니다."</u>

"그래? 그럼 내가 방 밖에 있을 테니, 들어오게 해 보거라."

훈장님은 자리에서 일어나 마당으로 나갔어요. 그러자 막둥이가 방긋 웃으며 말했어요.

"훈장님! 지금 훈장님께서 스스로 방에서 밖으로 나가셨습니다."

"앗! 허허허, 그렇구나. 막둥이가 이겼다."

훈장님은 껄껄 웃으며 서당 아이들에게 맛있는 엿을 상으로 주었어요.

2주 4일 학습 끝!

붙임 딱지 붙여요.

1 이 글에서 있었던 일로 알맞은 것은 무엇입니까? (   )

이해

① 서당에 불이 났다.
② 밖에 손님이 찾아왔다.
③ 아이들이 훈장님께 내기를 하자고 했다.
④ 훈장님은 내기에서 이긴 아이에게만 상을 준다고 했다.
⑤ 아이들은 훈장님을 방 밖으로 나가게 하려고 거짓말을 했다.

2 훈장님이 말한 내기는 무엇인지 빈칸에 알맞은 낱말을 쓰세요.

이해

• 누구든 훈장님을 방에서 밖으로 나가게 하면 모두에게 [   ](으)로 [   ]을/를 주겠다는 것이다.

3 막둥이가 ㉠처럼 말한 까닭은 무엇입니까? (   )

추론

① 글 배우는 것이 지겨워서
② 훈장님이 무섭다고 생각해서
③ 훈장님이 방으로 들어오던 참이어서
④ 훈장님을 방에서 밖으로 나가시게 하려고
⑤ 훈장님이 집에 들어오는 것을 싫어하셔서

4 훈장님과 막둥이의 성격을 알맞게 짐작한 것에 모두 ○표 하세요.

추론

(1) 훈장님을 속이다니! 막둥이는 용감한 성격이 분명해. [   ]

(2) 재미난 내기를 하자고 한 것으로 미루어, 훈장님은 장난스러운 성격이야. [   ]

(3) 기발한 꾀를 내어 훈장님을 방에서 나가게 한 것으로 미루어, 막둥이는 재치가 있는 아이야. [   ]

(4) 훈장님은 게으른 성격이 분명해. 손님이 왔는데 나가 보지도 않고 아이들을 시켜서 들어오라는 말을 전했거든. [   ]

설명하는 글 간추리기

★ 다음 여러 문단의 글을 간추려서 하나로 정리하려고 해요. 빈칸에 들어갈 알맞은 말을 쓰세요.

타악기는 손이나 채로 두드려서 소리를 내는 악기이다.

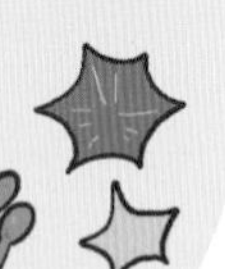

큰북은 나무나 금속의 원통 양쪽에 가죽을 씌운 타악기로, 북채로 두들겨서 소리를 낸다.

타악기는 (   ) 소리를 내는 악기로, 큰북, (   ), (   ), 실로폰 등이 타악기에 해당한다.

작은북은 큰북과 모양이 비슷한데, 크기가 작고 채를 뉘어서 연주한다.

탬버린은 금속이나 나무 테의 한쪽 면에 가죽을 대고, 둘레에 작은 방울을 단 타악기이다. 손으로 들고 치거나 흔들어 연주한다.

실로폰은 길이와 두께가 다른 여러 개의 나무판을 채로 쳐서 소리를 낸다.

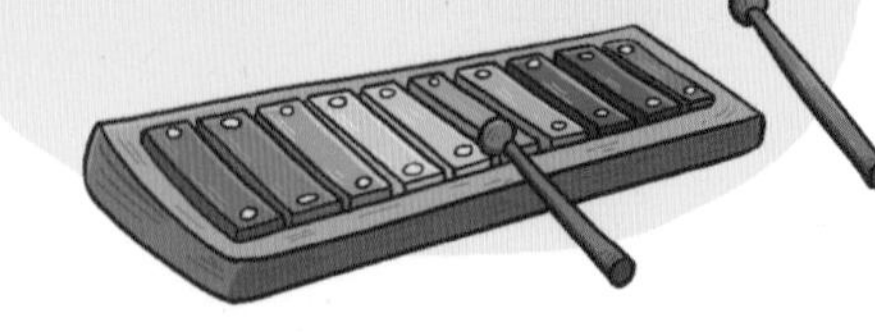

주제 탐구

설명하는 글을 간추릴 때는 먼저 각 문단의 중심 문장을 찾습니다. 그다음 문단의 중심 문장을 연결해 간략하게 정리합니다. 중심 문장이 없는 문단에서는 전체 내용을 잘 살펴 중심 내용을 간추립니다.

1 (가)와 (나)의 중심 문장에 밑줄을 그으세요.

(가) 현악기는 줄을 손가락으로 튕기거나 활로 문질러서 소리를 내는 악기로, 바이올린, 첼로, 하프 등이 현악기에 해당한다. 바이올린과 첼로는 나무로 된 몸통에 네 개의 줄이 있는 모양이다. 둘 다 활로 그어서 소리를 낸다. 하프는 삼각형 틀에 길이가 다른 여러 개의 줄이 끼워진 모양이다. 손가락으로 줄을 뜯거나 긁어서 아름다운 소리를 낸다.

(나) 관악기는 관에 입으로 공기를 불어 넣어서 소리를 내는 악기로, 리코더, 트럼펫, 호른 등이 관악기에 해당한다. 관악기는 나무로 만든 것도 있고, 금속으로 만든 것도 있다. 리코더는 입으로 공기를 불어 소리를 내며 손가락으로 구멍을 열거나 막아 음의 높낮이를 조절한다. 나팔꽃 모양인 트럼펫과 달팽이 모양인 호른은 입으로 불면서 손으로 버튼을 조절해 소리를 낸다.

2 〈문제 1번〉에서 찾은 중심 문장을 연결해서 간추리려고 합니다. 빈칸에 알맞은 낱말을 차례대로 쓰세요.

- ☐ 은/는 줄을 튕기거나 활로 문질러서 소리를 내는 악기이고,
  ☐ 은/는 관에 입으로 공기를 불어넣어서 소리를 내는 악기이다.

유형 1 문단의 중심 문장 찾기

이끼의 특징과 사는 곳을 설명한 문단의 중심 문장을 찾는 문제입니다.

1 **㉠~㉤ 중 문단의 내용을 대표하는 중심 문장은 무엇입니까? (　　　)**

과학

㉠이끼는 그늘지고 물기가 많은 곳에서 자라는 식물이에요. ㉡식물은 먼 옛날 바다에서 살다가 점점 육지에서도 살게 되었는데, 그때 육지에 처음 살게 된 식물이 이끼예요. ㉢그래서 이끼는 살아가는 데 반드시 충분한 물이 필요하지요. ㉣이끼는 뿌리와 줄기, 잎을 명확하게 구분하기 어렵고, 온몸으로 물과 영양분을 흡수해요. ㉤그늘진 나무 밑, 축축한 땅, 계곡의 바위틈, 물가 등 습기가 많은 곳에서는 이끼를 볼 수 있어요.

① ㉠　② ㉡　③ ㉢　④ ㉣　⑤ ㉤

유형 2 설명하는 글의 내용 간추리기

글을 읽고 글에서 중요한 내용을 파악하여 이를 중심으로 간추린 것을 찾습니다.

2 **다음 중 이 글의 내용을 알맞게 간추린 것에 ○표 하세요.**

사회

사려는 물건에 대한 정보를 얻는 방법을 알아볼까? 먼저 '상품 광고지'를 살펴보는 방법이 있어. 상품 광고지에는 물건에 대한 정보가 아주 자세하게 나와 있단다. '텔레비전 광고'를 통해서 손쉽게 정보를 얻는 방법도 있지. '인터넷 검색'을 하는 것도 방법이야. 인터넷에는 물건을 사용한 사람들이 써 놓은 상품 평이 있고, 물건의 가격을 비교해 주는 누리집도 있어. 마지막으로 '주변 사람들에게 물어보는 방법'이 있어. 이건 물건에 대한 믿을 만한 정보를 얻을 수 있는 방법이지.

(1) 상품 광고지와 인터넷에는 사려는 물건에 대한 정보가 자세하게 나와 있다. (　　　)

(2) 물건을 사려면 '주변 사람들에게 물어보기' 같은 믿을 만한 방법으로 정보를 얻어야 한다. (　　　)

(3) 사려는 물건에 대한 정보를 얻는 방법으로 상품 광고지나 텔레비전 광고 보기, 인터넷 검색, 주변 사람들에게 물어보기가 있다. (　　　)

3 이 글을 간추릴 때 빈칸에 들어갈 알맞은 말은 무엇입니까? (   )

국어

민화는 옛날에 일반 백성이 그린 그림입니다. 그림은 잘 그리지만, 정식으로 그림 교육을 받지 못한 사람들이 주로 민화를 그렸습니다. 그래서 지금껏 전해 내려오는 민화는 누가 그렸는지 정확히 알 수 없는 경우가 대부분입니다.

민화, 「까치호랑이」

민화의 그림 소재는 아주 다양합니다. 호랑이, 까치, 거북이, 토끼, 물고기 같은 동물을 그리기도 하고, 소나무, 대나무, 연꽃 같은 식물을 그리기도 했습니다. 용처럼 상상의 동물을 그린 민화도 있습니다.

옛사람들은 민화가 나쁜 기운을 물리치고, 집 안에 복을 불러온다고 생각했습니다. 그래서 새해가 되면 나쁜 기운이 들어오지 못하도록 집집이 호랑이를 그린 민화를 붙였습니다. 건강하게 오래 살기를 바라며 '십장생'을 그린 민화도 많이 걸었습니다. 십장생이란 오래 사는 열 가지 자연물을 뜻하는 말입니다. 해, 구름, 산, 물, 바위, 소나무, 거북, 학, 사슴, 불로초 등이 십장생에 해당합니다.

민화는 옛날에 일반 백성이 그린 그림으로, 민화의 그림 소재는 아주 다양합니다. [   ]

① 십장생은 오래 사는 열 가지 자연물을 뜻하는 말입니다.
② 민화는 누가 그렸는지 알 수 없는 경우가 대부분입니다.
③ 옛사람들은 민화를 걸며 건강하게 오래 살기를 바랐습니다.
④ 옛사람들은 새해가 되면 집집이 호랑이를 그린 민화를 붙였습니다.
⑤ 옛사람들은 민화가 나쁜 기운을 물리치고, 집 안에 복을 불러온다고 생각했습니다.

유형 3 설명하는 글의 전체 내용 간추리기

세 문단의 중심 문장을 각각 찾은 후 문장을 연결해 간략하게 간추립니다.

정식 정당한 분수나 품위에 맞는 일정한 방식.
집집이 모든 집마다.

●**글의 종류** 설명문

●**글의 특징** 이 글은 작고 약한 바다 동물이 적으로부터 몸을 지키는 다양한 방법을 알려 주고 있습니다.

●**중심 내용**
(가) 바다에 사는 작고 약한 동물은 저마다 적으로부터 몸을 지키는 방법이 있음.
(나) 가시복과 전기가오리는 갖고 있는 무기로 적을 쫓음.
(다) 문어와 가자미는 몸 빛깔을 주변 색과 똑같이 바꿈.
(라) 멸치처럼 작고 약한 바다 동물은 떼를 지어 다님.
(마) 작고 약한 바다 동물은 저마다의 방법으로 몸을 지키고 있음.

●**낱말 풀이**
신통한 신기할 정도로 묘한.
감쪽같이 꾸미거나 고친 것이 전혀 알아챌 수 없을 정도로 티가 나지 않게.

지문 ★☆☆ 낱말 ★☆☆

(가) 넓고 푸른 바닷속에는 많은 동물이 살고 있어요. 덩치가 큰 동물도 있고, 작은 동물도 있어요. 힘이 센 동물이 있는가 하면, 힘이 약한 동물도 있지요. 작고 약한 동물은 크고 힘센 동물의 먹이가 되지만, 반드시 잡아먹히는 것은 아니에요. 저마다 적으로부터 몸을 지키는 신통한 방법이 있거든요.

(나) ㉠가시복과 전기가오리는 갖고 있는 무기로 적을 쫓아요. 가시복은 적이 나타나면 몸을 공처럼 둥그렇게 부풀려요. 이때 몸에 난 뾰족한 가시를 꼿꼿이 세우지요. ㉡전기가오리는 몸으로 따끔한 전기를 내요. 적은 뾰족한 가시나 따끔한 전기에 놀라 쉽게 공격하지 못하고 물러나요.

(다) ㉢문어와 가자미는 몸 빛깔을 주변색과 똑같이 바꿀 수 있어요. 적이 다가오면 문어는 바위에 달라붙어서 몸 빛깔을 바위 색으로 바꾸거나, 고운 산호 틈에 숨어서 몸을 알록달록한 색으로 바꾸기도 해요. ㉣가자미는 바닥에 납작 엎드려서 모래와 같은 색으로 몸 빛깔을 바꾸지요. 얼마나 감쪽같이 몸 빛깔을 바꾸는지 가까이 다가가서 봐도 구별하기 어렵답니다.

(라) ㉤멸치처럼 작고 약한 바다 동물이 몸을 지키기 위해 가장 많이 사용하는 방법은 떼를 지어 다니는 거예요. 수백, 수천 마리가 몰려다니는 모습을 멀리서 보면 커다란 물고기처럼 보여요. ㉥적이 눈치채고 다가와도 순식간에 여러 방향으로 흩어져서 적을 혼란스럽게 하지요.

(마) 이렇게 작고 약한 바다 동물들은 저마다 몸을 지키는 방법을 갖고 있어요. 떼를 지어 다니기도 하고, 몸 빛깔을 바꾸기도 하고, 자신만의 무기를 이용하기도 한답니다.

2주 5일
학습 끝!

붙임 딱지 붙여요.

1 이해

이 글의 내용으로 알맞지 <u>않은</u> 것은 무엇입니까? (　　　)

① 가시복은 적이 나타나면 몸을 둥그렇게 부풀린다.
② 전기가오리는 적이 다가오면 몸으로 따끔한 전기를 낸다.
③ 가자미는 적이 다가오면 바위에 달라붙어 몸 빛깔을 바꾼다.
④ 문어는 산호 틈에 숨어 몸 빛깔을 알록달록한 색으로 바꾼다.
⑤ 멸치 같은 작은 바다 동물은 떼를 지어 다니며 커다란 물고기처럼 보이게 한다.

2 이해

㉠~㉥ 중 중심 문장끼리 짝지어진 것은 무엇입니까? (　　　)

① ㉠, ㉡　　② ㉢, ㉣　　③ ㉠, ㉣, ㉥
④ ㉠, ㉢, ㉤　　⑤ ㉡, ㉤, ㉥

3 어휘

이 글에서 보기 의 낱말을 모두 포함하는 낱말을 찾아 쓰세요.

보기
문어　　가시복　　멸치　　가자미　　전기가오리

(　　　　　　　　　　)

4 추론

(나)~(라)의 내용을 간추릴 때 빈칸에 들어갈 알맞은 말을 쓰세요.

• 가시복과 전기가오리는 갖고 있는 무기로 적을 쫓고, 문어와 가자미는 (1) (　　　　　　　　　　).
멸치처럼 작고 약한 바다 동물이 몸을 지키기 위해 가장 많이 사용하는 방법은 (2) (　　　　　　　　　　).

성격이나 행동을 나타내는 고사성어

고사성어는 옛이야기에서 유래한 말로, 한자로 이루어진 말이에요. 고사성어는 오랜 세월 동안 입에서 입으로 전해져 내려오면서 살아가는 지혜를 담고 있지요. '우유부단'은 '어물어물 망설이기만 하고 결단성이 없음.'을 뜻하는 말이에요. 또, '군계일학'은 '닭의 무리 가운데에서 한 마리의 학'이라는 뜻으로, 많은 사람 가운데서 뛰어난 인물을 이르는 말이지요.

성격이나 행동을 나타내는 고사성어

- **선남선녀(善男善女)** 성품이 착한 남자와 여자란 뜻으로, 착하고 어진 사람들을 이르는 말이에요.
- **위풍당당(威風堂堂)** 풍채나 기세가 위엄 있고 떳떳하다는 말이에요.
- **대기만성(大器晩成)** 큰 그릇을 만드는 데는 시간이 오래 걸린다는 뜻으로, 큰 사람이 되기 위해서는 많은 노력과 시간이 필요하다는 말이에요.
- **살신성인(殺身成仁)** 도리를 위해서 자기의 모든 것을 다 바쳐 희생함을 뜻해요.
- **좌정관천(坐井觀天)** 우물 속에 앉아서 하늘을 본다는 뜻으로, 사람이 보고 들은 것이 매우 좁음을 이르는 말이에요.

1 다음 뜻에 알맞은 고사성어를 선으로 이으세요.

(1) 풍채나 기세가 위엄 있고 떳떳함. •	• ① 선남선녀
(2) 착하고 어진 사람들을 이르는 말. •	• ② 위풍당당

2 다음 빈칸에 들어갈 고사성어를 보기에서 찾아 기호를 쓰세요.

보기

㉮ 살신성인 ㉯ 좌정관천 ㉰ 대기만성 ㉱ 위풍당당

이번 주 나의 독해력은?	
이번 주 학습을 모두 끝마쳤나요?	
시간적 배경과 공간적 배경을 파악할 수 있나요?	
글쓴이의 의견과 까닭을 찾아낼 수 있나요?	

정답 1. (1) ② (2) ① 2. (1) ㉮ (2) ㉰

시의 내용 이해하기

★ 이 시의 내용에 알맞은 그림을 골라 ○표 하세요.

정용원

미루나무 꼭대기
반쯤 지은 까치집
아빠 까치는 서까래 구하러 가고
엄마 까치는 솜털 담요 사러 간 사이

"주추와 기둥은 튼튼한가?"
바람은 한바탕 흔들어 보고
"아기 까치 태어나면 둥지 안은 포근한가?"
봄 햇살은 뱅그르르
둥지 안을 돌아본다.

주제 탐구

시의 내용을 이해하려면, 먼저 제목을 통해 시의 내용을 짐작해 봅니다. 시를 읽으면서 시의 장면을 떠올리며 글쓴이가 말하려는 것이 무엇인지 파악합니다.

1 빈칸에 들어갈 이 시의 제목으로 알맞은 것은 무엇입니까? (　　　)

① 바람　② 서까래　③ 까치집
④ 봄 햇살　⑤ 미루나무

2 ㉮~㉰ 중 이 시에서 말하는 이가 직접 본 장면의 기호를 쓰세요. (　　　)

3 다음과 같은 말을 한 시 속 인물은 누구인지 빈칸에 알맞은 낱말을 찾아 쓰세요.

(1) "주추와 기둥은 튼튼한가?" 하고 말한 것은 (　　　　　　)이다.
(2) "아기 까치 태어나면 둥지 안은 포근한가?" 하고 말한 것은 (　　　　　　)이다.

4 이 시에 대한 생각이나 느낌으로 알맞지 않은 것에 ○표 하세요.

(1) 글쓴이는 까치집이 반쯤 무너진 모습을 보고, 바람이 둥지를 흔들어서 그랬다고 생각했어. (　　)
(2) 글쓴이는 봄 햇살이 까치집을 비추는 모습을 보고, 햇살이 둥지 안을 돌아보는 거라고 생각했어. (　　)
(3) 글쓴이는 반쯤 지어진 까치집이 비어 있는 모습을 보고, 아빠 까치와 엄마 까치가 집 지을 재료를 구하러 갔다고 상상했어. (　　)

유형 1 시의 내용으로 미루어 제목 짐작하기

'꽉 문 빨래 놓치지 않는다.'는 표현에서 글쓴이가 시로 표현한 사물을 파악하여 제목을 짐작하는 문제입니다.

1 국어

이 시의 제목으로 알맞은 것은 무엇입니까? (   )

[빈칸]

민현숙

한번 입에 물면
놓아주지 않는다.

개구쟁이 바람이
바짓가랑이를 잡고 늘어져도

꽉 문 빨래
놓치지 않는다.

조그만 게
고 조그만 게
덩치 큰
바람을 이긴다.

① 꽃게 ② 악어 ③ 족집게
④ 빨래집게 ⑤ 연탄집게

유형 2 시의 비유하는 표현 이해하기

글쓴이가 포근하고 잠이 솔솔 오는 어머니의 무릎을 무엇에 빗대어 표현했는지 파악합니다.

2 국어

글쓴이가 어머니의 무릎을 빗대어 말한 것을 두 가지 찾아 쓰세요.

어머니의 무릎

김종영

어머니의 무릎은
풀숲

푸른 바람 이는
풀숲에 누우면
꽃사슴이 놀러 와요.
토끼가 뛰어와요.

어머니의 무릎은
꿈길

달빛 풀리는
꿈길에 누우면
별들이 달려와요.
선녀들이 날아와요.

(   ), (   )

3 이 시의 내용을 말한 것으로 알맞지 않은 친구에 ○표 하세요.

국어

삽살개야

이준섭

엄마의 머리 같은 털복실이 삽살개야
엄마의 품 안 같은 내 사랑 삽살개야

밥 먹을 때 같이 먹고 잠잘 때도 같이 자고
나들이 길 나설 때도 꼬리치며 앞장서고

눈 맞추고 뽀뽀할수록 예쁘고 다정스러워
품 안에 안을수록 귀엽고 사랑스러워

집에 오면 쓰다듬고 안아 주는 즐거움아
포근한 털이불로 안겨 주는 삽살개야

(1) 글쓴이가 기르는 삽살개는 털이 많아서 안으면 엄마 품처럼 따뜻한가 봐.

(2) 글쓴이가 집에 오면 삽살개가 포근한 털이불을 물어다 주나 봐.

(3) 글쓴이는 집에 돌아와서 삽살개를 쓰다듬고 안는 것을 즐거워하고 있어.

유형 3 시의 내용 이해하기

글쓴이가 삽살개와 함께 어떻게 지내는지 시의 장면을 떠올리며 내용을 파악합니다.

★ 시의 내용을 파악하며 읽어 보세요.

지문 ★★☆

낱말 ★☆☆

●글의 종류 동시

●글의 특징 이 시는 바람에 날린 신문지가 골목 응달에 핀 민들레꽃을 덮는 장면을 흉내 내는 말을 사용해 생생하게 표현하고 있습니다.

●중심 내용

1연 마루 위에 놓인 신문지가 바람에 골목으로 날아감.

2연 신문지가 바람에 날려 길거리에서 굴러다니다가 구겨짐.

3연 구겨진 신문지가 골목 응달로 날아가 어린 민들레꽃을 살짝 덮음.

4연 신문지는 골목 응달에 민들레꽃을 덮은 채로 있고, 바람만 골목을 빠져나옴.

●낱말 풀이

응달 볕이 잘 들지 않는 그늘진 곳.

바람은 착하지

권영상

바람이 마루 위에 놓인
신문지 한 장을 끌고
슬그머니 골목으로 나간다.

훌훌훌,
공중에 집어 던져서는
데굴데굴 길거리에 굴려서는
구깃구깃 구겨서는

골목,
구석진 응달로 찾아가
달달달 떠는
어린 민들레꽃에게
쓱, 목도리를 해 준다.

그러고는
㉠힘내렴!
딱 그 말만 하고
골목을 걸어 나간다, 뚜벅뚜벅.

1 어휘

이 시에 쓰인 흉내 내는 말이 아닌 것은 무엇입니까? (　　　)

① 훌훌훌　　② 구석진　　③ 데굴데굴

④ 구깃구깃　　⑤ 뚜벅뚜벅

3주 1일 학습 끝!

붙임 딱지 붙여요.

2 이해

㉠은 누가 누구에게 한 말인지 찾아 빈칸에 차례대로 쓰세요.

• ［　　　　］이/가 ［　　　　］에게

3 추론

이 시를 읽고 떠올릴 수 있는 장면으로 알맞지 않은 것의 기호를 쓰세요.

㉮　　㉯

㉰ 　　㉱

(　　　　　　)

4 추론

이 시에서 '바람은 착하지'라는 제목을 붙인 까닭에 ○표 하세요.

(1) 바람이 민들레를 덮고 있던 신문지를 날려 주었기 때문이다. (　　　)

(2) 바람이 어린 민들레꽃이 추울까 봐 신문지로 덮어 주었기 때문이다. (　　　)

(3) 바람이 길거리를 굴러다니던 신문지를 구겨서 골목 한쪽으로 치웠기 때문이다. (　　　)

이야기의 주제 추론하기

★ 친구들이 재미있는 이야기를 읽고 주제를 말하고 있어요. 이야기에 알맞은 주제를 선으로 이으세요.

(1) 「토끼와 거북」

(2) 「미운 오리 새끼」

(3) 「양치기 소년과 늑대」

① 거짓말을 계속 하다 보면 진실을 말해도 사람들이 믿어 주지 않는다는 거야.

② 이 이야기는 실력이 뛰어나다고 자만해서는 안 된다는 교훈을 주지.

③ 겉모습만 보고 편견을 가지면 안 된다는 것을 깨닫게 해 준 이야기야.

주제 탐구

주제는 문학 작품에서 글쓴이가 나타내려는 중심 생각입니다. 글쓴이는 이야기에서 직접 주제를 말하기도 하고, 제목이나 인물의 말과 행동, 이야기에서 일어나는 사건을 통해서 주제를 전하기도 합니다.

1 다음 빈칸에 알맞은 인물의 말을 보기 에서 골라 기호를 쓰세요.

보기

㉮ 앗! 빠르다고 자만했다가 지고 말았구나.

㉯ 맞아. 겉모습이 못생겼다고 비웃었던 내가 나빴어.

㉰ 아이고! 자꾸 거짓말을 했더니 진실을 말해도 믿는 사람이 없구나!

(1)

(2)

2 이 이야기의 주제로 알맞은 것에 ○표 하세요.

옛날에 고집 센 당나귀가 있었어. 하루는 당나귀와 주인이 가파른 비탈길을 가는데, 당나귀가 그만 비탈길에서 주르륵 미끄러졌어. 주인이 꼬리를 잡아 간신히 벼랑 끝에 멈춰서 절벽에서 떨어지지 않았지.

주인은 당나귀를 구하려고 힘껏 꼬리를 잡아당겼어. 그런데 당나귀가 끌려가지 않으려고 힘을 주어 버티지 뭐야.

"어이구, 이 고집스러운 당나귀야! 지금은 고집을 부릴 때가 아니다!"

하지만 당나귀는 주인의 말을 듣지 않고 계속 버텼어. 결국 주인은 힘이 빠져서 꼬리를 놓으며 말했지.

"네 고집에 졌다. 그리고 너는 그 고집 때문에 절벽에서 떨어지는 거란다."

(1) 위험한 길을 갈 때는 늘 조심해야 한다. ( )

(2) 다른 사람이 어떤 말을 해도 자신의 뜻을 굽혀서는 안 된다. ( )

(3) 남의 말을 듣지 않고 무조건 반대하며 고집을 부려서는 안 된다. ( )

유형 1 이야기에 직접 드러난 주제 알기

수탉과 진주 이야기에서 글쓴이가 직접 표현한 주제를 파악합니다.

두엄 풀, 짚 또는 가축의 배설물 따위를 썩힌 거름.

1 이 이야기의 주제로 알맞은 것은 무엇입니까? (   )

국어

수탉이 두엄 더미에서 먹이를 찾고 있었어요. 그런데 딱딱한 것에 부리가 딱 부딪혔어요.

"아야, 아파라. 뭐지?"

수탉이 두엄 더미를 파헤치자, 반짝반짝 빛나는 커다란 진주가 나왔어요.

"칫, 먹지 못하는 것이로군. 보리나 옥수수라면 좋았을 텐데."

수탉은 진주를 휙 걷어차 버렸답니다. 아무리 귀한 물건이라도 자신에게 쓸모가 없다면 귀하지 않은 법이니까요.

① 늘 다치지 않도록 조심해야 한다.
② 수탉처럼 귀한 물건을 버릴 줄 알아야 한다.
③ 수탉처럼 귀한 물건을 함부로 걷어차면 안 된다.
④ 아무리 귀한 물건이라도 자신에게 쓸모가 없다면 귀하지 않다.
⑤ 두엄 속에 있던 진주처럼 귀한 것이 어디에 있는지는 아무도 모른다.

유형 2 인물의 말과 행동에서 주제 추론하기

무더운 날 플라타너스 그늘에서 쉬던 두 나그네의 행동과 플라타너스의 말에서 이야기의 주제를 짐작하는 문제입니다.

뙤약볕 여름날에 강하게 내리쬐는 몹시 뜨거운 볕.

2 인물의 말과 행동에서 알 수 있는 이 글의 주제에 ○표 하세요.

국어

뙤약볕이 내리쬐는 무더운 날이었다. 땀을 흘리며 길을 가던 두 나그네는 커다란 플라타너스를 발견했다. 둘은 나무 그늘에서 땀을 식히다가 플라타너스를 바라보며 말했다.

"이 플라타너스는 참 쓸모가 없어."

"맞아. 열매를 먹을 수 없고, 아름다운 꽃도 안 피거든."

그 말에 플라타너스가 버럭 소리를 질렀다.

"이런, 고마움을 모르는 사람들 같으니라고. 실컷 내 그늘에서 땀을 식히고는 쓸모가 없는 나무라니!"

(1) 세상에는 플라타너스처럼 쓸모없는 나무도 있다. (   )
(2) 듣기 싫은 말을 들어도 화내지 말고 참을 줄 알아야 한다. (   )
(3) 누군가의 도움을 받으면서 그 은혜를 모른 척하면 안 된다. (   )

3 이 이야기의 주제를 알맞게 말한 친구에 ○표 하세요.

국어

어느 날, 냇가에서 생쥐가 심술쟁이 개구리를 만났다.

"냇물을 건너고 싶은데 어떻게 해야 할지 모르겠어."

"히히, 내가 알려 주지."

심술쟁이 개구리는 제 다리와 생쥐 다리를 끈으로 묶었다. 그러고는 냇물로 첨벙 뛰어들어 생쥐를 이리저리 끌고 다녔다. 생쥐는 물속에서 숨이 막혀 정신을 잃고 물 위로 떠올랐다.

그때 하늘을 날던 매 한 마리가 물에 뜬 생쥐를 보고 재빨리 낚아챘다. 그 바람에 다리를 묶고 있었던 개구리도 하늘 높이 끌려갔다.

(1) 친구를 가려서 사귀어야 한다는 교훈을 주는 이야기야.

(2) 다른 사람에게 해를 입히면 자신도 벌을 받게 된다는 거야.

(3) 한 가지 일로 두 가지 이득을 얻을 수 있다는 것을 깨달았어.

유형 3 사건을 통해 주제 추론하기

심술쟁이 개구리가 벌인 사건에서 알 수 있는 이야기의 주제를 파악합니다.

4 이 글에서 글쓴이가 나타내려는 주제에 ○표 하세요.

국어

두 마리를 쫓은 사자

며칠을 굶은 사자가 먹이를 찾다가 풀밭에서 자고 있는 토끼를 봤어.

'통통하고 먹음직스럽게 생겼구나. 얼른 잡아먹어야지.'

사자는 입맛을 다시며 살금살금 토끼에게 다가갔어. 그런데 저만치에서 풀을 뜯고 있는 사슴이 보였어.

'오호! 토끼보다 훨씬 큰 먹잇감이로구나. 사슴을 먼저 잡아먹어야겠다.'

사자는 사슴을 잡으려고 달려갔어. 하지만 며칠을 굶은 터라 힘이 없어서 그만 사슴을 놓치고 말았어. 사자는 다시 토끼를 잡아먹으려고 풀밭으로 돌아왔어. 하지만 토끼는 이미 도망치고 없었단다.

(1) 일이 어떻게 될지는 아무도 모른다. (　　)

(2) 먼저 힘을 기른 다음 목표를 향해 나아가야 한다. (　　)

(3) 욕심을 부려서 목표를 바꾸면 아무것도 얻을 수 없다. (　　)

유형 4 제목과 글 내용의 관계에서 주제 파악하기

글의 제목과 내용으로 미루어 주제를 찾는 문제입니다.

저만치 저쯤 떨어진 곳.

●글의 종류 이야기(동화)

●글의 특징 이 글은 유대교의 경전인 『탈무드』에 실린 이야기로, 나쁜 일과 좋은 일은 언제든 바뀔 수도 있다는 교훈을 줍니다.

●낱말 풀이
랍비 유대교의 율법학자를 이르는 말.
습격해 갑자기 상대편을 덮치고 쳐서.

지문 ★☆☆
낱말 ★☆☆

㉠옛날에 아키바라는 랍비가 여행을 떠났어요. 아키바가 가진 것이라고는 당나귀와 개, 그리고 작은 램프가 전부였어요.

하루는 아키바가 ㉡날이 저물어 마을에 도착했어요. 아키바는 아무도 살지 않는 낡은 집에서 하룻밤을 묵기로 했어요. ㉢집 앞에 당나귀와 개를 묶어 두고 안으로 들어갔지요.

"배가 고파서 잠도 오지 않는구나. 책이나 읽어야겠다."

아키바는 작은 램프에 불을 밝혔어요. 그런데 바람이 휙 불어와 램프의 불을 꺼 버렸어요. 아키바는 다시 불을 밝히려 했지만 좀처럼 불이 켜지지 않았지요.

"책조차 읽지 못하게 되다니……."

아키바는 별수 없이 잠을 청했어요.

㉣이튿날 아침, 밖으로 나간 아키바는 깜짝 놀랐어요. 밤사이 사나운 짐승들이 당나귀와 개를 물어 간 거예요.

"신도 무심하시지. 내가 가진 재산을 모두 가져가시다니."

아키바는 깊은 한숨을 내쉬며 ㉤마을로 들어섰어요. 그런데 마을에 남자들의 모습이 보이지 않았어요. 여자와 아이들만 슬픔에 잠겨 울고 있었지요.

"간밤에 도적 떼가 습격해 마을 남자들을 해쳤답니다."

아키바는 가만히 생각에 잠겼어요.

'만약 지난밤에 램프의 불이 꺼지지 않아서 빛이 집 밖으로 새어 나갔더라면, 사나운 짐승들이 물어 가지 않아서 당나귀와 개가 울음소리를 냈더라면, 나도 목숨을 잃고 말았을 거야. 재산을 잃었다고만 생각했는데, 그 덕분에 목숨을 구했구나.'

『탈무드』

1 이해

이야기에서 일어난 사건이 아닌 것은 무엇입니까? (　　　)

① 도적 떼가 마을을 습격했다.
② 아키바가 날이 저물어 마을에 도착했다.
③ 사나운 짐승들이 당나귀와 개를 물어 갔다.
④ 도적 떼가 아키바의 전 재산을 빼앗아 갔다.
⑤ 아키바가 책을 읽으려는데 램프의 불이 꺼졌다.

붙임 딱지 붙여요.

2 이해

㉠~㉤ 중 공간적 배경을 나타내는 낱말을 두 가지 골라 기호를 쓰세요.

(　　　　　　　　)

3 어휘

아키바처럼 '거듭 나쁜 일을 겪는 상황'을 표현한 말은 무엇입니까? (　　　)

① 게 눈 감추듯　　② 가슴이 벅차다
③ 엎친 데 덮친 격　　④ 오리발을 내밀다
⑤ 주사위는 던져졌다

4 추론

이 이야기의 주제를 알맞게 말한 친구에 ○표 하세요.

(1) 이 이야기의 주제는 나쁜 일이 거듭 일어날 수도 있다는 거야.

(2) 나쁜 일을 겪어도 좋은 일을 겪은 것처럼 생각해야 한다는 교훈을 주는 이야기야.

(3) 이야기를 읽고 나쁜 일이 좋은 일이 될 수도 있다는 것을 깨달았어.

13 사건의 흐름 파악하기

3주

★ 다음 「여우와 두루미」의 이야기를 읽고, 이야기에서 일이 일어난 차례대로 퍼즐의 빈 칸에 알맞은 번호를 쓰세요.

① 며칠 뒤, 이번에는 두루미가 여우를 자신의 집으로 초대했다.

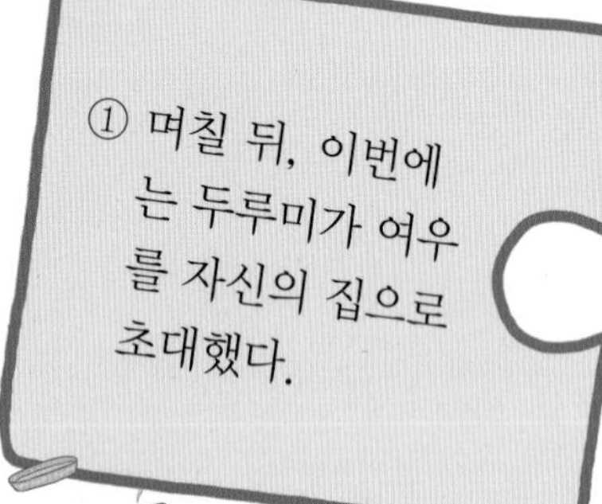

② 여우가 두루미의 집에 가자, 두루미가 호리병에 음식을 담아 왔다. 여우는 호리병에 입이 들어가지 않아 음식을 먹지 못했다.

③ 옛날에 여우와 두루미가 이웃하며 살았다. 어느 날, 여우가 두루미를 집으로 초대했다.

④ 두루미가 여우의 집에 갔더니, 여우가 넓은 접시에 음식을 담아 왔다. 부리가 긴 두루미는 음식을 먹지 못했다.

주제 탐구

사건은 이야기에서 인물이 겪거나 벌이는 일입니다. 사건의 흐름을 파악하려면, 사건의 배경이 된 시간과 장소가 어떻게 변했는지 살펴보아야 합니다. 인물의 성격에 따라 사건이 어떻게 전개되었는지 등을 통해서도 사건의 흐름을 파악할 수 있습니다.

1 「여우와 두루미」에서 시간과 장소에 따라 일어난 사건을 선으로 이으세요.

(1) 어느 날, 여우의 집

(2) 며칠 뒤, 두루미의 집

2 여우가 다음과 같은 성격이었다면 사건이 어떻게 달라질지 알맞게 설명한 것에 ○표 하세요.

배려심이 많은 성격

(1) 여우는 길쭉한 병에 음식을 담아 두루미에게 주고, 두루미는 음식을 맛있게 먹을 수 있었을 것이다. ( )

(2) 여우는 두루미가 음식을 먹지 못하는 것을 보고, 냇가에 가서 개구리를 잡아먹으라고 알려 주었을 것이다. ( )

(3) 여우는 두루미가 접시에 담긴 음식을 먹지 못하자 자신과 다르다는 것을 깨닫고, 두루미가 집으로 초대했을 때 정중하게 거절했을 것이다. ( )

유형 1 사건이 일어난 차례 파악하기

이야기에서 나무꾼 아버지와 아들에게 일어난 일의 차례를 파악합니다.

1 이 이야기에서 사건이 일어난 차례에 맞게 빈칸에 숫자를 쓰세요.

국어

어느 날 나무꾼 아버지와 아들은 장에서 당나귀 한 마리를 샀어.
아들은 당나귀를 끌고 냇가에 가서 정성스럽게 당나귀를 목욕시켰지. 그런데 당나귀 목에 있던 방울에서 뭔가 툭 떨어졌어.
"이게 뭐지? 앗! 다이아몬드잖아?"
아들은 집으로 가서 아버지에게 다이아몬드가 나온 이야기를 했어. 부자가 되었다며 좋아했지. 그러자 아버지가 말했어.
"다이아몬드를 당나귀 장수에게 돌려주고 오너라."

(1) 나무꾼 아버지와 아들이 장에서 당나귀를 샀다. (　　　)
(2) 아버지가 다이아몬드를 당나귀 장수에게 돌려주라고 했다. (　　　)
(3) 아들이 냇가에서 당나귀를 목욕시키는데, 당나귀의 방울에서 다이아몬드가 떨어졌다. (　　　)

유형 2 인물의 성격 때문에 일어난 일 파악하기

사건의 흐름에 영향을 미치는 인물의 성격을 파악하고, 인물의 성격 때문에 일어난 일을 찾습니다.

2 다음 중 '길가에 살던 개구리'의 성격 때문에 일어난 사건을 두 가지 고르세요. (　　　　　)

국어

옛날에 개구리 두 마리가 살았어요. 한 마리는 숲속 연못에 살고, 다른 한 마리는 마차가 오가는 길가 웅덩이에 살았지요. 숲속 연못에 사는 개구리는 길가 웅덩이에 사는 개구리에게 말했어요.
"네가 사는 곳은 물도 더럽고, 몹시 위험해. 연못으로 이사 오렴."
"그건 그렇지. 생각해 볼게."
며칠 뒤, 연못에 사는 개구리가 다시 친구를 찾아가 물었어요.
"생각해 봤니? 언제 이사 올 거야?"
"이사는 영 귀찮은 일이야. 난 위험해도 여기서 그냥 살래."
얼마 뒤, 길가에 살던 개구리는 마차에 치여 목숨을 잃고 말았답니다.

① 위험한 길가에서 계속 살았다.
② 마차에 치여 목숨을 잃고 말았다.
③ 친구의 말대로 숲속 연못으로 이사했다.
④ 친구에게 숲속 연못으로 이사 오라고 말했다.
⑤ 길가로 이사 오라는 친구의 말을 듣지 않았다.

3 이 이야기에서 사건의 시간과 장소가 어떻게 바뀌었는지 빈칸에 알맞은 말을 쓰세요.

국어

한낮에 작은 강아지가 마당에서 잠을 자고 있었어. 그때 농장에 몰래 숨어든 늑대가 강아지에게 달려들었지. 잠에서 깬 강아지가 말했어.

"늑대 아저씨, 저는 작아서 먹을 것이 별로 없어요. 하지만 오늘 밤에 주인이 잔치를 열어요. 그럼 많이 먹고 살이 찔 테니 그때 오세요."

"음, 그거 좋은 생각이군. 이따가 저녁에 다시 오겠다."

밤이 되자, 강아지는 지붕으로 올라갔어. 찾아온 늑대에게 말했지.

"전 늑대의 먹이가 될 생각이 없답니다. 다른 데서 먹이를 찾아보세요."

(1) 시간: 한낮 ➡ (　　　　　　)　　(2) 장소: (　　　　　　) ➡ 지붕

유형 3 시간적, 공간적 배경의 변화 파악하기

사건이 펼쳐지는 배경이 되는 이야기 속 시간과 장소가 어떻게 바뀌는지 파악합니다.

4 이 이야기에 이어질 내용을 알맞게 짐작한 것에 ○표 하세요.

국어

옛날에 꾀 많은 소금 장수가 길을 가다 도깨비를 만났어.

"으하하, 너를 잡아먹어야겠다."

"어이쿠! 도깨비님, 죽기 전에 소원이 있습니다. 도깨비님은 아주 커다래질 수도 있고 작아질 수도 있다지요? 그것을 보고 싶습니다."

소금 장수의 말에 도깨비는 대뜸 산만큼 커졌어.

"우아! 대단하군요. 그럼 이번에는 작아져 보십시오."

그러자 도깨비는 사슴만큼 작아졌지. 소금 장수가 도깨비에게 말했어.

"그럼 콩알만큼 작아질 수도 있나요? 그건 못 하겠지요?"

"못 하긴 왜 못 해? 식은 죽 먹기지!"

(1) 소금 장수는 소원대로 콩알만큼 작아진 도깨비에게 잡아먹혔을 거야. (　　)

(2) 도깨비가 콩알만큼 작아지자, 소금 장수가 도깨비를 물리쳤을 거야. (　　)

유형 4 사건의 흐름에 알맞은 이어질 내용 상상하기

사건의 흐름을 파악하여 도깨비가 콩알만큼 작아진 다음 이어질 내용을 짐작합니다.

대뜸 이것저것 생각할 것 없이 그 자리에서 곧.

●글의 종류 이야기(동화)

●글의 특징 이 글은 『탈무드』에 실린 이야기로, 불행과 행복은 자신이 생각하기에 따라 달라질 수 있다는 교훈을 줍니다.

●낱말 풀이
먹먹해요 갑자기 귀가 막힌 것처럼 소리가 잘 들리지 않아요.

지문 ★★☆

낱말 ★★☆

옛날에 자신이 불행하다고 여기는 남자가 살았어. 남자는 울상을 지으며 현명한 랍비를 찾아갔어.

"랍비님, 저는 가난합니다. 좁은 집에 사는데 아이들이 열이나 되고, 아내는 귀 따갑게 잔소리를 합니다. 어떻게 하면 이 불행에서 벗어날 수 있을까요?"

"집에 양을 기릅니까?"

"예, 두어 마리 기르지요."

"그럼, 오늘부터 양들을 집 안에서 기르십시오."

남자는 이상했지만, 현명한 랍비의 말이라 시키는 대로 했어. 하지만 이튿날 다시 랍비에게 달려왔어.

"아이고! 랍비님, 큰일 났습니다. 좁은 집에 양들까지 있으니 답답해서 못 살겠습니다."

"그렇겠지요. 혹시 집에 닭들을 기릅니까?"

"예, 서너 마리 기르지요."

"집으로 돌아가서 그 닭들을 집 안에 들여놓으십시오."

남자는 한숨을 쉬며 집으로 돌아갔어. 랍비가 시키는 대로 했지. 하지만 다음 날 또 랍비를 찾아왔어.

"랍비님! 더는 참을 수가 없습니다. 집은 좁아서 터질 것 같고, 양과 닭들이 시끄럽게 우는 통에 귀가 먹먹해요."

"좋습니다. 이제 그 양과 닭들을 모두 집 밖으로 내보내십시오."

남자는 쏜살같이 집으로 달려가서 양과 닭들을 집 밖으로 내보냈어. 그러고는 이튿날 랍비를 찾아와 웃으며 말했지.

"랍비님이 시키는 대로 했더니, 집이 궁전처럼 넓고, 아주 조용하게 느껴집니다. 아! 행복해요."

『탈무드』

3주 3일 학습 끝!

붙임 딱지 붙여요.

1 이해 **랍비를 찾아온 남자가 불행하다고 여기는 까닭을 모두 고르세요. (　　　　　)**

① 몹시 가난하다.
② 랍비처럼 현명하지 못하다.
③ 아이들이 집에서 나가 버렸다.
④ 아내가 귀 따갑게 잔소리를 한다.
⑤ 집이 좁은데 아이들이 열 명이나 된다.

2 이해 **이 글에서 남자가 깨닫게 된 '행복'은 무엇입니까? (　　　)**

① 불행에서 벗어나게 된 것
② 좁고 답답한 집에서 이사 간 것
③ 집에서 양과 닭을 집 밖으로 내보낸 것
④ 집이 넓고 조용하다는 것을 느끼게 된 것
⑤ 아내와 아이들, 양과 닭이 집에서 나간 것

3 구조 **이 이야기에서 사건이 일어난 차례에 맞게 숫자를 쓰세요.**

(1) 남자는 양과 닭을 집 안으로 들여놓았다. (　　)
(2) 랍비가 양과 닭을 집 안에서 기르라고 했다. (　　)
(3) 남자가 양과 닭들을 모두 집 밖으로 내보냈다. (　　)
(4) 남자가 집이 궁전처럼 넓고 아주 조용해서 행복하다고 했다. (　　)
(5) 남자가 랍비를 찾아가 불행에서 벗어날 수 있는 방법을 물었다. (　　)

4 이해 **이 글의 주제를 알맞게 말한 친구에 ○표 하세요.**

(1) 이 글의 주제는 불행과 행복이 생각하기에 따라 달라질 수도 있다는 거야.

(2) 글쓴이는 동물을 절대 집 안에 들여놓지 말라는 뜻을 전하고 있어.

(3) 남자처럼 어리석으면 다른 사람들의 놀림감이 된다는 것을 알려 주고 있어.

14 글쓴이의 의견 평가하기

3주

★ 세 친구가 '음식물 쓰레기 문제'에 대한 뉴스를 보고 의견을 냈어요. 알맞은 의견을 말한 친구에 모두 ○표 하세요.

주제 탐구

글쓴이의 의견을 평가하려면, 의견이 주제와 관련 있는지 살펴보아야 합니다. 또, 의견을 뒷받침하는 내용이 사실인지, 믿을 만한지도 살펴봅니다. 마지막으로 의견이 문제를 해결할 수 있는지도 생각해 봅니다.

● (1~3) 다음을 읽고 물음에 답하세요.

수민: 급식을 먹을 때, 자신이 먹을 수 있는 양만큼만 가져가서 먹읍시다. 가끔 맛있어 보인다고 많이 가져갔다가 남기는 친구들이 있는데, 그렇게 남긴 음식은 ○○ 뉴스에서 말했듯이 모두 쓰레기로 버려집니다. 하지만 자신이 먹을 수 있는 양만큼 가져가서 남김없이 다 먹으면, 음식물 쓰레기를 조금이나마 줄일 수 있습니다.

민준: 부모님께서 음식을 만드실 때, 지나치게 많이 만들지 말고 먹을 만큼만 만들자고 말씀드립시다. 우리 엄마는 한번에 음식을 아주 많이 만들어서 며칠 동안 같은 음식을 먹게 합니다. 그건 참 싫은 일입니다.

1 수민이와 민준이가 말한 의견입니다. 빈칸에 알맞은 낱말을 쓰세요.

(1) 수민: (   )을/를 먹을 때 먹을 수 있는 양만큼만 가져가서 먹읍시다.

(2) 민준: 부모님께서 음식을 만드실 때 (   )만 만들자고 말씀드립시다.

2 보기 에서 수민이와 민준이가 의견을 뒷받침하려고 제시한 내용의 기호를 쓰세요.

보기

㉮ 음식을 많이 가져가서 남기면 음식물 쓰레기로 버려진다.

㉯ 한번에 음식을 많이 만들면 며칠 동안 같은 음식을 먹어야 한다.

㉰ 자신이 먹을 수 있는 양만 가져가서 먹으면 음식물 쓰레기를 줄일 수 있다.

수민	민준
(1) ( )	(2) ( )

3 수민이와 민준이의 뒷받침 내용에 대해 알맞게 말한 것을 모두 골라 ○표 하세요.

(1) 민준이의 뒷받침 내용은 의견을 잘 뒷받침하고 있어. (   )

(2) 수민이의 뒷받침 내용은 의견과 관련이 없어 적절하지 못해. (   )

(3) 민준이의 뒷받침 내용은 의견을 제대로 뒷받침하지 못하고 있어. (   )

(4) 수민이의 뒷받침 내용은 적절해. 의견을 뒷받침하는 내용이 사실이고 출처도 정확하거든. (   )

유형 1 의견과 주제의 관련성 평가하기

'바람직한 운동 방법'에 대한 의견이 적절한지 주제와의 관련성을 판단하여 평가합니다.

1 체육

글쓴이의 의견을 알맞게 평가한 친구에 ○표 하세요.

바람직한 운동 방법은 공원에 여러 가지 운동 기구를 설치하는 것입니다. 커다란 운동 기구는 값이 비싸고, 자리를 차지해서 집집이 여러 개를 사 둘 수 없습니다. 그런데 공원에 여러 가지 운동 기구가 있으면 집에 운동 기구를 사 두지 않아도 많은 사람이 자유롭게 이용할 수 있습니다. 공원으로 산책 나온 사람들도 운동 기구를 보면, 운동하고 싶은 마음이 생길 수 있습니다.

⑴ 정아: 글쓴이는 적절한 의견을 제시했어. 공원에 여러 가지 운동 기구를 설치하면 많은 사람이 운동하는 데 도움이 되거든. (　　)

⑵ 수호: 글쓴이가 제시한 의견은 적절하지 않아. '바람직한 운동 방법'이라는 주제와 공원에 운동 기구를 설치하는 것은 상관이 없어. (　　)

유형 2 의견과 뒷받침 내용의 관련성 평가하기

글쓴이의 의견을 파악하고 뒷받침 내용이 글쓴이의 의견과 관련성이 있는지 평가합니다.

간척 육지에 면한 바다나 호수의 일부를 둑으로 막고, 그 안의 물을 빼내어 육지로 만드는 일.

2 사회

㉠~㉣에 대한 설명으로 알맞지 않은 것은 무엇입니까? (　　)

우리나라에서는 오래전부터 해 온 간척 사업으로 갯벌이 줄었습니다. 그래서 바다 생물이 보금자리를 잃고, 바다 오염이 심해지고 있습니다.

㉠더는 간척 사업을 벌이지 말고 갯벌을 보호해야 합니다. ㉡갯벌은 조개, 낙지, 철새 등 다양한 바다 생물의 보금자리가 됩니다. ㉢갯벌에 살고 있는 미생물은 오염된 바다를 깨끗하게 하는 작업도 합니다. ㉣갯벌을 메워서 땅을 넓히면 농사를 짓거나 공장과 집을 짓는 데 이용할 수 있습니다.

① ㉠은 이 글에서 글쓴이가 말한 의견이다.
② ㉡은 글쓴이의 의견과 관련이 있는 뒷받침 내용이다.
③ ㉢은 갯벌을 보호하자는 의견을 뒷받침하기에 알맞다.
④ ㉣은 갯벌을 보호하면 우리가 얻을 수 있는 이득이다.
⑤ ㉣은 글쓴이의 의견을 뒷받침하는 내용으로 적절하지 않다.

3 ㉠의 뒷받침 내용이 믿을 만하지 못한 까닭에 ○표 하세요.

국어

코 밖으로 나온 코털이 보기 싫다고 손이나 족집게로 뽑는 사람이 많습니다. 이렇게 일부러 코털을 뽑으면 안 됩니다. 코털은 코 안으로 들어온 세균과 먼지가 몸속 깊이 들어가는 것을 막아 줍니다. 코털을 뽑으면 세균과 먼지가 몸속으로 들어가서 코피가 날 수 있습니다. ㉠한번은 우리 아빠가 코털을 뽑았는데, 몇 분 뒤에 코피가 났습니다. 이 일로 미루어 코털을 뽑으면 코피가 나는 것을 알 수 있습니다.

(1) 글쓴이의 의견과 관련이 없기 때문에 ( )

(2) 글쓴이 한 사람의 개인적인 경험이라서 ( )

(3) 세균과 먼지가 들어가는 것을 관찰하지 않아서 ( )

유형 3 뒷받침 내용의 신뢰성 평가하기

글쓴이가 제시한 뒷받침 내용이 믿을 만한지 따져 보고 그 까닭을 찾습니다.

4 다음 중 촌락의 문제를 해결할 수 없는 의견은 무엇입니까? ( )

사회

촌락은 여러 가지 문제를 안고 있다. 일할 수 있는 젊은 사람들이 도시로 떠나면서 촌락의 인구는 크게 줄었다. 촌락에는 노인만 남아 일을 할 수 있는 사람이 부족하다. 게다가 다른 나라에서 싼 값에 농산물을 들여오기 때문에 농민이 버는 돈도 크게 줄었다.

병원이나 도서관, 극장 같은 편의 시설이 부족한 것도 문제이다. 산촌에서 벌어지는 무분별한 개발, 바다를 오가는 유조선에서 새어 나온 기름 유출 등으로 어촌의 자연환경은 오염되고 있다.

① 품질 좋은 농산물을 생산해서 농가 소득을 늘린다.

② 산을 깎아 골프장을 만들어 많은 사람들이 촌락을 찾게 한다.

③ 촌락 사람들이 편리하게 생활할 수 있도록 편의 시설을 늘린다.

④ 귀촌하는 사람들에게 여러 가지 지원을 해 주어 촌락의 인구를 늘린다.

⑤ 숲 체험장을 만들어 자연을 보호하면서 산촌의 소득을 높일 수 있게 한다.

유형 4 문제 해결 측면에서 의견의 적절성 평가하기

촌락의 문제를 파악한 뒤, 그 문제를 해결할 수 있는 의견으로 적절한지 따져 봅니다.

무분별한 세상 물정에 대한 바른 생각이나 판단이 없는.

●글의 종류 논설문

●글의 특징 이 글은 지구의 식량 부족 문제를 해결하기 위해 곤충을 식량으로 이용하자고 주장하고 있습니다.

●중심 내용
(가) 지구의 식량 부족 문제를 해결할 방법은 곤충을 식량으로 이용하는 것임.
(나) 곤충은 종류가 많고, 영양가가 풍부해서 훌륭한 먹을거리가 됨.
(다) 곤충을 기르는 것은 가축을 기르는 것보다 훨씬 경제적임.
(라) 곤충을 못 먹는 사람에게는 곤충 음식이라는 것을 알리지 않으면 됨.
(마) 지구의 식량 부족 문제를 해결하려면 곤충을 식량으로 이용해야 함.

●낱말 풀이
허덕이는 힘에 부쳐 쩔쩔매거나 괴로워하며 애쓰는.
경제적 돈이나 시간, 노력을 적게 들이는 것.

지문 ★★☆

낱말 ★★☆

(가) 지구에는 인구 증가, 환경 오염, 전쟁 등 다양한 문제가 있습니다. 그 가운데 하나가 식량 부족 문제입니다. 현재 세계에는 굶주림에 허덕이는 사람이 10억 명이나 됩니다. 유엔 식량 농업 기구의 보고서에 따르면, 지구의 인구는 2050년에 97억 명으로 늘어나고 식량도 지금의 두 배 가량 필요하다고 합니다. ㉠이런 식량 부족 문제를 해결할 방법은 곤충을 식량으로 이용하는 것입니다.

(나) ㉡곤충은 종류가 많고, 영양가가 풍부해서 훌륭한 먹을거리가 됩니다. 우리가 먹을 수 있는 곤충은 2,000여 종에 달합니다. 곤충은 소고기나 돼지고기와 비교해도 뒤지지 않을 만큼 단백질이 풍부하고, 철분과 칼슘 같은 다양한 영양소를 골고루 갖추고 있습니다.

(다) ㉢또, 곤충을 기르는 것이 가축을 기르는 것보다 훨씬 경제적입니다. 소와 돼지, 닭을 많이 기르려면 넓은 장소가 있어야 합니다. 가축을 먹이는 데는 사료가 많이 들고, 보살필 일손도 필요합니다. 그러나 곤충은 훨씬 좁은 장소에서 더 적은 사료와 일손으로 기를 수 있습니다.

(라) ㉣곤충이 징그러워서 못 먹겠다는 사람이 있지만, 곤충으로 만든 음식이라는 것을 알리지 않으면 됩니다. 곤충을 가루로 만들어서 과자를 만들거나 수프로 끓이면 곤충의 형태가 보이지 않습니다. 곤충으로 만들었다는 것을 밝히지 않는 이상 먹는 사람이 알 수 없습니다.

(마) 이처럼 곤충은 영양가가 풍부하고, 경제적으로 기를 수 있으며, 형태를 바꾸어 다양한 음식으로 만들 수 있습니다. ㉤따라서 지구의 식량 부족 문제를 해결하기 위해 곤충을 식량으로 이용합시다.

1 이해 **이 글에 나타난 글쓴이의 의견은 무엇입니까? (   )**

① 에너지를 아껴 환경 오염을 해결하자.
② 지구의 인구가 더 이상 늘지 않도록 유지하자.
③ 곤충보다 가축을 기르는 것이 경제적이므로 가축을 기르자.
④ 식량 부족 문제를 해결하기 위해 곤충을 식량으로 이용하자.
⑤ 곤충을 이용한 음식을 개발해 영양가 있는 먹을거리를 만들자.

붙임 딱지 붙여요.

2 이해 **㉠~㉤ 중 글쓴이가 의견을 뒷받침하려고 제시한 내용을 모두 골라 기호를 쓰세요.**

(   )

3 이해 **가축을 키우는 것보다 곤충을 키우는 것이 경제적인 까닭은 무엇입니까? (   )**

① 곤충은 영양가가 풍부하다.
② 좁은 장소에서 키울 수 있다.
③ 보살필 일손이 많이 필요하다.
④ 곤충을 먹일 사료가 많이 든다.
⑤ 곤충을 키울 장소가 넓어야 한다.

4 비판 **글쓴이의 의견과 뒷받침 내용을 잘못 평가한 것에 ○표 하세요.**

(1)

글쓴이는 주제인 지구의 식량 문제를 해결하는 방법과 관련 있는 적절한 의견을 제시했어.

(2)

㈐는 곤충이 아니라 가축을 기르는 방법에 대해 설명했어. 의견과 관련 없는 내용이므로 뒷받침 내용으로 적절하지 못해.

(3)

㈑는 뒷받침 내용으로 적절하지 못해. 곤충으로 만든 음식이라는 것을 사람들에게 숨긴다면 많은 문제를 일으킬 수 있어.

15 인물의 가치관 짐작하기

3주

★ 다음 장면에 나타난 인물의 가치관을 보기 에서 골라 기호를 쓰세요.

보기

㉮ 모험을 즐기며 도전한다. ㉯ 생명을 소중하게 여긴다.
㉰ 돈을 가장 중요하게 여긴다. ㉱ 모든 사람을 평등하게 대한다.

주제 탐구

가치관은 인물이 어떤 일을 선택하고 실천하는 데 바탕이 되는 생각입니다. 인물의 가치관은 인물의 말과 행동, 인물의 생각을 통해 파악할 수 있습니다. 인물이 살았던 시대 상황이나 인물이 한 일을 근거로 가치관을 짐작할 수 있습니다.

● (1~3) 다음을 읽고 물음에 답하세요.

넬슨 만델라는 1918년 남아프리카 공화국에서 태어났어. 남아프리카 공화국은 오래 전부터 유럽 여러 나라의 지배를 받았어. 유럽에서 건너온 백인은 남아프리카 공화국의 흑인을 피부색이 다르다는 이유로 차별했단다.

"흑인도 백인과 똑같은 사람입니다. 사람은 모두 평등합니다. 피부색으로 사람을 차별하는 법을 고칩시다!"

변호사였던 넬슨 만델라는 사람들을 이끌고 인종 차별에 반대하는 시위를 벌였어.

1 넬슨 만델라는 언제, 어디에서 태어났는지 쓰세요.

(1) 언제: ( ) (2) 어디에서: ( )

2 넬슨 만델라가 살았던 시대 상황으로 알맞은 것은 무엇입니까? ( )

① 흑인은 변호사가 될 수 없었다.
② 흑인이 백인에게 차별을 받았다.
③ 흑인이 백인을 노예로 삼으려고 했다.
④ 백인들이 인종 차별에 반대하는 시위를 벌였다.
⑤ 남아프리카 공화국이 유럽의 여러 나라를 지배했다.

3 넬슨 만델라와 비슷한 가치관을 지닌 인물에 모두 ○표 하세요.

유형 1 인물의 말과 행동에서 가치관 짐작하기

자신이 먹을 수 없는데도 사과나무를 심는 할아버지가 중요하게 생각한 가치관을 파악합니다.

1 이 이야기에서 알 수 있는 할아버지의 생각은 무엇입니까? (　　　)

국어

어느 봄날이었다. 머리가 허연 할아버지가 뜰에 사과나무를 심고 있었다. 길을 가다 그 모습을 본 나그네가 고개를 갸웃하며 물었다.

"할아버지, 지금 사과나무를 심으면 사과는 언제쯤 열립니까?"

"그야 한 30년쯤 걸리겠지요."

"예? 할아버지가 그때까지 사실 수 있겠습니까?"

"그러진 못할 겁니다. 하지만 나는 어릴 때 할아버지가 심어 놓으신 나무의 열매를 맛있게 먹었답니다. 그러니 내가 심은 나무의 열매도 훗날 후손들이 맛있게 먹지 않겠습니까?"

① 나이는 중요하지 않다.
② 하고 싶은 일을 해야 한다.
③ 후손을 생각하는 일이 중요하다.
④ 자신의 이익이 무엇보다 중요하다.
⑤ 숲을 보존하려면 나무를 심어야 한다.

유형 2 인물이 한 일에서 가치관 짐작하기

아프리카에서 병든 사람들을 치료하는 데 일생을 바친 슈바이처의 업적에서 짐작할 수 있는 가치관을 찾습니다.

2 이 글에서 알 수 있는 슈바이처의 가치관에 ○표 하세요.

도덕

슈바이처는 1875년에 프랑스 알자스 지방에서 태어났어요. 그는 철학과 신학, 음악 등을 두루 공부한 학자였지요.

그러던 어느 날, 슈바이처는 아프리카에 관한 글을 읽게 되었어요. 그 글에는 아프리카에 의사가 없어서 사람들이 치료도 받지 못한 채 죽어 간다는 이야기가 쓰여 있었어요. 슈바이처는 의학을 공부한 뒤, 1913년 아프리카로 떠났어요. 그곳에서 돈도 받지 않고 아픈 사람들을 치료해 주기 시작했지요.

이후 슈바이처는 60년 동안 아프리카에 머물며 질병으로 고통받는 사람들을 돌보았답니다.

(1) 어려운 사람들을 도와야 한다고 생각한다. (　　　)
(2) 열심히 공부하는 것이 중요하다고 여긴다. (　　　)
(3) 의사가 없는 곳에서 큰돈을 벌어야겠다고 생각한다. (　　　)

3 이 글에 나타난 진채선의 생각을 알맞게 말한 친구에 ○표 하세요.

국어

진채선은 1847년에 전라북도 고창에서 태어났어. 열일곱 살이 되었을 때, 판소리로 이름난 신재효의 제자가 되었지. 진채선은 판소리에 뛰어난 재능이 있었지만, 사람들의 편견과 맞서야 했어.

"여자 판소리꾼이라니 어처구니없지 않은가?"

"그러게 말이야. 남자가 하는 판소리를 여자가 한다니, 말도 안 되지."

그러나 진채선은 꿋꿋이 판소리를 해 나간 끝에 명창으로 인정받았지. 그 뒤로 판소리를 하는 여성이 점점 늘어났고, 명창도 많이 나왔단다.

(1) 민용: 자신이 가진 재주를 어떻게든 자랑하려고 했어. ( )

(2) 진우: 다른 사람에게 본보기가 되어야겠다고 생각했을 거야. ( )

(3) 성연: 남자가 하는 판소리를 하고 사람들의 편견과 맞선 것으로 보아 도전하는 정신을 지녔어. ( )

유형 3 인물이 처한 시대 상황에서 가치관 짐작하기

여자가 판소리를 하기 힘들었던 시대 상황에 맞서 명창이 된 진채선의 가치관을 알맞게 짐작한 것을 고르는 문제입니다.

편견 공정하지 못하고 한쪽으로 치우친 생각.

명창 노래를 뛰어나게 잘 부르는 사람.

4 ㉠에 나타난 구두 수선공의 가치관은 무엇입니까? ( )

국어

옛날 프랑스에 헌 구두를 고쳐 주는 구두 수선공이 있었어요. 그는 가난했지만, 자기 일을 좋아해 늘 노랫소리가 끊이지 않았지요.

어느 날, 부자 은행가가 즐겁게 일하는 구두 수선공에게 큰돈을 선물로 주었어요. 그런데 그날부터 구두 수선공은 누가 돈을 훔쳐 갈지도 모른다는 걱정에 일을 할 수도, 노래를 부를 수도 없었어요.

㉠'돈 때문에 불안하구나. 게다가 자꾸만 남을 의심하다니, 이렇게 살 수는 없어.'

구두 수선공은 은행가를 찾아가 돈을 돌려주었어요. 그리고 예전처럼 다시 노래를 부르며 즐겁게 일했답니다.

① 돈이 중요하다고 생각한다.

② 부유하게 사는 것을 중요하게 생각한다.

③ 다른 사람을 믿어서는 안 된다고 생각한다.

④ 다른 사람을 기쁘게 해 주는 일을 좋아한다.

⑤ 부자로 사는 것보다 걱정 없이 사는 것을 중요하게 여긴다.

유형 4 인물의 생각에서 가치관 짐작하기

구두 수선공이 은행가에게 돈을 돌려주는 데 바탕이 되는 생각을 파악하고 그의 가치관을 짐작합니다.

●글의 종류 전기문

●글의 특징 이 글은 을파소의 전기문 중 일부로, 고구려의 국상 을파소가 진대법을 만들어 가난한 백성을 도운 이야기가 나타나 있습니다.

●낱말 풀이

흉년 농작물이 예년에 비해 잘되지 않아 굶주리게 된 해.
이자 남에게 돈을 빌려 쓴 대가로 치르는 일정한 비율의 돈을 이름.
어진 마음이 너그럽고 착하며 슬기롭고 덕이 높은.
막막했는데 갈피를 잡을 수 없게 보이는 것이나 들리는 것이 희미하고 멀었는데.

지문 ★☆☆
낱말 ★☆☆

고구려의 고국천왕이 나라를 다스리던 시절 이야기야. 194년, 고구려에 큰 흉년이 들었어. 한여름에 차가운 서리가 내려서 농작물에 피해를 주었거든.

당시 고구려 백성은 대부분 농사를 짓고 살았어. 그러니 흉년이 들면 가난한 백성은 먹고살기가 몹시 어려웠지. 귀족들에게 이자를 주고 곡식을 빌렸다가 높은 이자를 감당하지 못해 노비가 되거나, 땅을 빼앗기고 떠돌이 신세가 되는 백성도 많았어. 고국천왕도 이 일로 근심이 컸단다.

그러던 때에 국상 을파소가 고국천왕을 찾아갔어. 국상은 고구려의 가장 높은 벼슬이야. 을파소는 백성을 아끼고 나랏일을 열심히 하는 어진 관리였지.

을파소는 고국천왕에게 이렇게 아뢰었어.

"나라에서 직접 가난한 백성에게 곡식을 빌려주면 어떻겠습니까? 먹을 거리가 부족한 봄부터 여름까지 곡식을 빌려주고, 가을에 빌려준 만큼만 돌려받는 것입니다. 그리하면 백성은 굶주림에서 벗어나고, 높은 이자를 갚지 못해서 억울한 처지가 되는 백성을 도울 수 있을 것입니다."

"오! 그거 좋은 방법이구려."

이렇게 해서 고구려에서는 나라에서 가난한 백성에게 곡식을 빌려주는 제도인 '진대법'이 만들어졌어.

"전에는 봄이면 곡식이 부족해서 먹고살 길이 막막했는데, 진대법 덕분에 굶주리지 않아도 되겠구먼."

"귀족에게 빌린 곡식을 갚지 못해 노비가 되는 사람들도 크게 줄었다네."

을파소는 진대법으로 가난한 백성에게 큰 도움을 주었단다.

1 을파소가 살았던 시대 상황으로 알맞지 않은 것은 무엇입니까? (   )

이해

① 당시 백성은 대부분 농사를 짓고 살았다.
② 194년 여름에 서리가 내려 큰 흉년이 들었다.
③ 흉년이 들면 가난한 백성은 먹고살기가 몹시 어려웠다.
④ 귀족은 백성에게 곡식을 빌려주었다가 빌려준 만큼 돌려받았다.
⑤ 귀족에게 곡식을 빌렸다가 갚지 못해서 노비가 되는 백성도 있었다.

붙임 딱지 붙여요.

2 을파소가 고국천왕에게 말한 내용으로 알맞은 것의 기호를 쓰세요. (   )

이해

㉮ 흉년에는 세금을 내지 않게 하자는 것
㉯ 나라에서 직접 가난한 백성에게 곡식을 빌려주자는 것
㉰ 높은 이자를 내는 백성에게 이자를 대신 갚아 주자는 것
㉱ 나라에서 굶주리는 백성에게 직접 먹을거리를 나누어 주자는 것

3 다음 빈칸에 들어갈 낱말을 쓰세요.

이해

• 고구려에는 나라에서 가난한 백성에게 봄에서 여름까지 곡식을 빌려주고 가을에 돌려받는 [   ](이)라는 제도가 있었다.

4 을파소의 가치관을 알맞게 짐작한 친구에 ○표 하세요.

추론

(1) 백성을 아끼고 도우려는 마음을 가지고 있어.

(2) 백성의 마음을 얻어 고구려에서 가장 높은 왕이 되고 싶어 해.

(3) 신분에 따른 차별을 없애 모두가 평등한 세상을 만들려고 해.

지혜를 알려 주는 속담

'시작이 반이다.'라는 속담은 '무슨 일이든 시작하기가 어렵지만 일단 시작하면 일을 끝마치기는 그리 어렵지 아니함.'을 빗대어 이르는 말이에요. 어떤 일을 마음먹고 시작하기가 어렵기 때문에 생긴 속담이지요.

지혜를 알려 주는 속담

- **아는 길도 물어 가라** 잘 아는 일이라도 세심하게 주의를 하라는 말이에요.
- **도랑 치고 가재 잡는다** ① 일의 순서가 바뀌었기 때문에 애쓴 보람이 나타나지 않음을 빗대어 이르는 말이에요. 또, ② 한 가지 일로 두 가지 이익을 본다는 것을 빗대어 이르는 말이에요.
- **입에 쓴 약이 병에는 좋다** 자기에 대한 충고나 비판이 당장은 듣기에 좋지 않지만 그것을 달게 받아들이면 자기 몸과 마음을 갈고 닦는 데 이롭다는 말이에요.
- **백지장도 맞들면 낫다** 쉬운 일이라도 협력하여 하면 훨씬 쉽다는 말이에요.
- **백 번 듣는 것이 한 번 보는 것만 못하다** 듣기만 하는 것보다는 직접 보는 것이 확실하다는 말이에요.

1 **'아는 길도 물어 가라'와 같은 뜻의 속담을 골라 ○표 하세요.**

(1) 천 리 길도 한 걸음부터 ( )
(2) 돌다리도 두들겨 보고 건너라 ( )
(3) 길이 아니거든 가지 말고, 말이 아니거든 듣지 말아라 ( )

2 **다음 상황에 알맞은 속담을 보기 에서 골라 쓰세요.**

보기
- 아는 길도 물어 가라
- 백지장도 맞들면 낫다
- 도랑 치고 가재 잡는다
- 입에 쓴 약이 병에는 좋다

( )

이번 주 나의 독해력은?		
	이번 주 학습을 모두 끝마쳤나요?	☺ ☻ ☹
	이야기를 읽으며 사건의 흐름을 파악할 수 있나요?	☺ ☻ ☹
	글에 나타난 의견의 적절성을 평가할 수 있나요?	☺ ☻ ☹

정답 1. (2) ○ 2. 입에 쓴 약이 병에는 좋다

PART 3

문제해결 독해

글에서 감동적인 부분을 찾아 글쓴이의 마음에 공감하고
글을 읽고 난 감동을 표현하며 읽어요.
또, 여러 글에 나타난 다양한 문제 상황과 해결 방법을
나의 생활에 적용하며 창의적으로 읽는 방법을 배워요.

contents

16 시에 대한 느낌 표현하기

4주

★ 이 시를 읽고, 느낌을 알맞게 말한 친구를 모두 골라 ○표 하세요.

주제 탐구

시를 읽고 난 생각이나 느낌은 여러 가지 방법으로 표현할 수 있습니다. 시의 장면을 떠올려 생각이나 느낌 말하기, 시의 장면에 어울리는 그림 그리기, 시의 표현을 몸짓으로 표현하기, 시의 내용을 노랫말로 만들기, 시의 내용을 이야기로 만들어 보기 등으로 표현할 수 있습니다.

1 이 시의 장면을 그림으로 표현한 것을 모두 골라 기호를 쓰세요. (   )

㉮

㉯

㉰

㉱

2 이 시를 노랫말로 바꿀 때 빈칸에 들어갈 알맞은 말을 보기 에서 찾아 쓰세요.

보기			
참새	산 위	장난감	아이들

유형 1 시에 대한 느낌 찾기

시의 장면이나 시 속 인물에게 묻고 싶은 질문 등을 떠올리며 시에 대한 느낌을 알맞게 말한 내용을 고르는 문제입니다.

저무는 해가 져서 어두워지는.

1 국어 **이 시를 읽고 난 느낌으로 알맞지 않은 것은 무엇입니까? (　　　)**

형제별

방정환

날 저무는 하늘에
별이 삼형제

반짝반짝
정답게 지내이더니

웬일인지 별 하나
보이지 않고

남은 별이 둘이서
눈물 흘린다.

① 나란히 빛나던 세 별 가운데 하나가 안 보이는 까닭이 궁금해.
② 초저녁 밤하늘에 별 세 개가 나란히 반짝거리는 모습이 그려져.
③ 세 별과 함께 많은 별들이 화려하게 빛나는 밤하늘의 모습이 떠올라.
④ 글쓴이는 늘 보이던 별이 보이지 않아 걱정스러운 마음이 들었을 거야.
⑤ 나란히 붙어 있는 별을 정답게 지내는 삼 형제라고 표현한 게 인상 깊어.

유형 2 시의 장면을 그림으로 표현하기

시를 읽고 떠오르는 장면을 그림으로 표현한 것을 찾는 문제입니다.

2 국어 **이 시의 장면을 그림으로 알맞게 표현한 것의 기호를 쓰세요. (　　　)**

코끼리

손동연

코끼리야 코끼리야
네 그림을 그리는데
코가 어찌나 긴지
금방 도화지 밖으로
달아나 버리지 뭐니

얼른
도르르 말아 줘

㉮

㉯

3 이 시의 느낌을 몸짓으로 알맞게 표현한 것을 두 가지 고르세요. (　　　)

국어

달맞이

윤석중

아가야 나오너라
달맞이 가자.
앵두 따다 실에 꿰어
목에다 걸고
검둥개야 너도 가자
냇가로 가자.

비단 물결 남실남실
어깨춤 추고
머리 감은 수양버들
거문고 타면

달밤에 소금쟁이
맴을 돈단다.

아가야 나오너라
냇가로 가자.
달밤에 딸깍딸깍
나막신 신고
도랑물 쫄랑쫄랑
달맞이 가자.

유형 3 시의 느낌을 몸짓으로 표현하기

시에서 떠오르는 장면이나 시의 느낌을 몸짓으로 표현한 것을 찾습니다.

수양버들 버드나무의 한 종류.
쫄랑쫄랑 물 따위가 자꾸 잔물결을 이루며 흔들리는 소리 또는 그 모양.

 ★ 시에 대한 생각이나 느낌을 떠올리며 읽어 보세요.

●글의 종류 동시

●글의 특징 이 시는 담요 한 장 속에 담긴 아버지와 아들의 서로를 위하는 마음을 잔잔하게 표현한 시입니다.

●중심 내용
담요 한 장을 함께 덮고 누운 아버지는 아들이 잠든 것을 보고 자려고 함. 반면 아들인 나는 아버지보다 먼저 잠드는 것이 미안해 잠들지 못함. 이불 밖으로 나온 나의 발을 덮어 주신 아버지께 고마운 마음에 '아버지' 하고 부르고 싶었지만 자신이 잠들어야 아버지가 주무실 수 있어 나는 아버지의 물음에 속으로 대답함.

●낱말 풀이
뒤척이신다 몸을 이리저리 뒤집으신다.
뭣해 '무엇해'의 준말. 내키지 않거나 무안한 느낌을 알맞게 표현하기 어려울 때 돌려서 쓰는 말.

담요 한 장 속에

권영상

지문 ★☆☆
낱말 ★☆☆

담요 한 장 속에
아버지와 함께 나란히 누웠다.
한참 만에 아버지가
꿈쩍하며 뒤척이신다.
혼자 잠드는 게 미안해
나도 꼼지락 돌아눕는다.
밤이 깊어 가는데
아버지는 가만히 일어나
내 발을 덮어 주시고
다시 조용히 누우신다.
그냥 누워 있는 게 뭣해
나는 다리를 오므렸다.
아버지 하고 부르고 싶었다.
그 순간
자냐? 하는 아버지의 쉰 듯한 목소리
㉠네.
나는 속으로만 대답하고 돌아누웠다.

1 이해

이 시에서 일어난 일이 아닌 것은 무엇입니까? (　　　)

① 아버지가 담요 안에서 뒤척인 일
② 아버지가 나의 발에 담요를 덮어 준 일
③ 아버지와 담요 한 장을 덮고 함께 잔 일
④ 담요 안에서 꼼지락대다가 밤을 새운 일
⑤ 내가 담요 안에서 꼼지락거리며 돌아누운 일

4주 1일 학습 끝!
붙임 딱지 붙여요.

2 추론

내가 ㉠처럼 행동한 까닭으로 알맞은 것에 ○표 하세요.

(1) 아버지의 질문에 대답하면 잠을 잘 수 없어서 (　　　)
(2) 자는 척해야 아버지가 빨리 주무실 수 있다고 생각해서 (　　　)
(3) 자신 때문에 잠들지 못한 아버지께 미안한 마음이 들어서 (　　　)

3 추론

이 시에 대한 느낌을 말한 것으로 알맞지 않은 친구의 이름을 쓰세요.

- 진아: 아버지는 무뚝뚝하지만 아들을 사랑하고 있다는 것이 느껴져.
- 수현: 아버지와 아들이 서로를 싫어해서 등을 돌리고 누운 모습이 그려져.
- 건우: 아들도 표현은 안 하지만 아빠를 좋아해. 혼자 잠드는 게 미안하다고 했거든.

(　　　　　　　　　　)

4 문제해결

이 시의 일부를 이야기로 꾸밀 때 ㉮, ㉯에 들어갈 알맞은 말을 쓰세요.

밤이 깊어 갔다. (㉮)은/는 가만히 일어나 나의 발을 덮어 주시고 다시 조용히 누우셨다. 나는 다리를 오므리며 생각했다.
'아버지 하고 불러 볼까?'
그 순간, 아버지가 쉰 듯한 목소리로 말했다.
"(㉯)?"
나는 속으로 대답했다.
'네.'

(1) ㉮: (　　　　　　　　)　　(2) ㉯: (　　　　　　　　)

17 인물의 행동에 대한 생각 표현하기

4주

★ 다음 장면에 나타난 인물의 행동을 살펴보고 내용에 알맞은 장면의 기호를 쓰세요.

(1) 훈장님께 혼날까 봐 꾀를 내어 훈장님의 벼루를 깨뜨렸다. (　　)

(2) 훈장님이 안 계실 때, 아이들이 꿀을 맛보다가 다 먹어 버렸다. (　　)

(3) 훈장님이 혼자 꿀을 먹다가 아이에게 들키자 거짓말로 둘러댔다. (　　)

(4) 한 아이가 벼루를 깬 벌을 받으려고 배 아픈 약을 먹었다고 거짓말을 했다. (　　)

주제 탐구

이야기를 읽고 나서 이야기 속 인물의 행동에 대한 생각을 표현할 수 있습니다. 이야기에서 인상 깊은 장면을 골라 그에 대한 생각이나 느낌을 표현해 봅니다. 또한 이야기에서 인물이 한 행동을 평가해 보고, 나라면 어떻게 했을지도 생각해 봅니다.

1 인물의 행동과 그렇게 행동한 까닭을 선으로 이으세요.

(1)  •

(2)  •

(3)  •

• ① 훈장님이 꿀을 아이가 먹으면 배 아픈 약이라고 했기 때문이다.

• ② 훈장님은 혼자 꿀을 먹고 싶었기 때문이다.

• ③ 훈장님께 혼나지 않으려고 꾀를 생각했다.

2 다음 중 인물의 행동을 평가한 내용으로 알맞지 <u>않은</u> 것에 ○표 하세요.

(1) 벼루를 깬 벌로 배 아픈 약을 먹은 행동은 바람직하지 않아. 하지만 아이들은 충분히 벌을 받았다고 생각해. ( )

(2) 훈장님이 아이들에게 꿀을 먹으면 배 아픈 약이라고 말한 행동은 옳지 못해. 거짓말은 상대방을 속이는 행동이야. ( )

(3) 훈장님의 벼루를 깬 아이의 행동은 지나친 것 같아. 어쩌다 꿀을 다 먹을 수는 있지만, 벼루는 일부러 깬 것이잖아. ( )

유형 1 인물의 행동 파악하기

연못에 오랫동안 비가 내리지 않자 개구리들이 어떤 행동을 했는지 파악하는 문제입니다.

1 국어

이 글에서 개구리들의 행동으로 알맞지 않은 것은 무엇입니까? ( )

어느 연못에 오랫동안 비가 내리지 않아 물이 바짝 말라붙었습니다.
"이곳에서는 더 이상 살 수가 없구나. 물이 있는 곳을 찾아보자."
개구리들은 고생고생하며 한참을 여행한 끝에 바닥이 깊은 우물을 발견했습니다. 깊은 우물 바닥에는 물이 조금 고여 있었습니다.
"우아! 겨우 물이 있는 곳을 찾았구나. 우리 앞으로 여기에서 살자!"
한 개구리가 말했습니다. 그러자 다른 개구리가 고개를 저었습니다.
"이 우물은 너무 깊어서 한번 들어가면 나올 수 없어. 만약 이곳에 들어갔다가 우물물이 말라 버리면 우린 죽게 될 거야. 다른 곳을 찾아보자."

① 물이 있는 곳을 찾아 나섰다.
② 물이 조금 고인 깊은 우물을 발견했다.
③ 한 개구리가 깊은 우물에서 살자고 말했다.
④ 물이 있는 곳을 찾기 위해 한참 동안 여행했다.
⑤ 개구리들이 모두 깊은 우물에 살기로 결정했다.

유형 2 인물의 행동 평가하기

돌고래와 고래, 멸치의 행동을 따져 보고 세 인물의 행동을 알맞게 평가한 것을 찾습니다.

2 국어

인물의 행동에 대한 생각으로 알맞지 않은 것에 ○표 하세요.

넓고 푸른 바다에 고래와 돌고래가 살았어. 고래는 돌고래가 자신보다 몸집이 작다고 무시했어. 돌고래는 고래가 덩치만 크고 어리석다고 놀렸지. 결국 큰 싸움이 났어. 다른 물고기들이 고래와 돌고래의 싸움을 구경하러 몰려들었지. 그때 멸치가 앞으로 나서며 말했어.
"싸우지 마! 친구끼리 싸우는 것은 옳지 못하다고."
그러자 돌고래가 콧방귀를 뀌며 멸치에게 소리쳤다.
"흥, 창피하게 너처럼 쪼끄만 녀석의 말을 듣느니 끝까지 싸울 테야."

(1) 돌고래와 고래의 행동은 옳지 못해. 친구끼리 무시하고 놀리면서 싸우면 안 되거든. ( )
(2) 멸치의 행동은 어리석어. 돌고래와 고래 사이의 문제는 둘이 알아서 해결하도록 놔두어야 해. ( )
(3) 멸치의 말을 무시한 돌고래의 행동은 옳지 못해. 비록 힘이 약한 친구의 말이라도 옳다면 귀담아들어야지. ( )

3 이 이야기에서 인상 깊은 장면을 골라 그에 대한 생각과 느낌을 쓰세요.

국어

한 나그네가 캄캄한 밤길을 가고 있었어요.

"이거 원, 오늘 밤은 유난히 어둡구나. 어디가 길인지 전혀 보이지가 않네."

나그네는 조심조심 앞으로 걸음을 내디뎠어요. 그런데 저 멀리 희미한 등불이 보였어요.

"오! 누군가 등불을 들고 오는군. 저 불빛이 있는 곳으로 가면 되겠어."

나그네는 등불을 등대 삼아 걸음을 옮겼어요.

얼마 뒤, 나그네는 등불을 든 남자와 마주쳤어요. 그런데 남자는 다른 손에 지팡이를 들고 있었어요. 그 지팡이로 더듬더듬 길을 더듬으며 걸었지요. 남자는 눈이 보이지 않았던 거예요.

이상하게 여긴 나그네가 남자에게 물었어요.

"여보시오. 당신은 눈이 보이지 않는데, 왜 등불을 들고 다닙니까?"

그러자 남자가 미소 지으며 이렇게 말했답니다.

"물론 나는 불빛이 보이지 않습니다. 그러나 등불을 들고 다니면 마주 오는 사람이 나를 보고 피해서 부딪히는 것을 막을 수 있지요. 또 어두운 밤에 길을 밝힐 수도 있으니 좋지 않습니까?"

(1) 이야기에서 가장 인상 깊은 장면: ____________________

____

(2) 그 장면에서 들었던 생각이나 느낌: ____________________

____

유형 3 인상 깊은 장면에 대한 생각과 느낌 쓰기

이야기에서 중심이 되는 사건이 펼쳐지는 인상적인 장면을 찾아 그 장면에서 든 생각과 느낌을 떠올려 쓰는 문제입니다.

●**글의 종류** 이야기(동화)

●**글의 특징** 이 글은 높은 사람에게는 굽실거리고, 가난한 사람은 업신여기는 부자에게 원님이 예상치 못한 행동으로 깨달음을 주는 이야기입니다.

●**낱말 풀이**
자자했어 여러 사람의 입에 오르내려 떠들썩했어.
환갑 예순한 살을 이르는 말.
근방 가까운 곳.
만수무강하시길 아무 탈 없이 아주 오래 사시길.
동헌 옛날에 고을 원님이 머물던 건물.
의관 남자가 정식으로 갖추어 입는 옷차림을 이르는 말.

지문 ★★☆
낱말 ★★☆

옛날 어느 고을에 부자가 살았어. 부자는 높은 사람에게는 ㉠알랑방귀를 뀌고, 가난한 백성은 업신여기기로 소문이 자자했어.

어느 날, 부자가 환갑이 되어 잔치를 열었어. 근방에서 벼슬 높고 돈깨나 있는 사람만 잔치에 초대했지. 고을에 새로 온 원님도 부자의 초대를 받았단다.

'부자에 대한 소문이 사실인지 확인해 보아야겠구나.'

이렇게 생각한 원님은 허름한 농사꾼 차림으로 부자를 찾아갔어.

"만수무강하시길 바랍니다."

그러자 부자가 원님을 보고 눈살을 찌푸리며 하인들에게 소리쳤어.

"여기가 어디라고 저런 거지를 들였느냐! 썩 내쫓아라!"

쫓겨난 원님은 동헌으로 돌아가 옷을 갈아입었어. 이번에는 관복을 잘 차려입고 부자의 집으로 갔지. 그랬더니 부자가 버선발로 달려 나와 원님을 맞았어. 떡 벌어진 잔칫상을 내오며 말했단다.

"차린 것이 별로 없지만, 많이 드십시오."

부자의 말에 원님은 손으로 음식을 덥석덥석 집어 들었어. 그걸 옷 속에 쑥쑥 집어넣었지. 부자는 당황하며 물었어.

"아, 아니! 음식을 드시지 않고 어째서 옷 속에 넣으십니까?"

"이 음식은 내게 준 것이 아니라, 의관에 준 것이니 그렇소. 허름한 옷차림으로 왔을 때는 날 내쫓지 않았소?"

부자는 그제야 아까 내쫓은 사람이 원님이라는 것을 깨달았어. 넙죽 엎드려서 원님에게 잘못을 빌고, 사람을 차별하는 버릇을 싹 고쳤지.

4주 2일 학습 끝!

붙임 딱지 붙여요.

1 어휘

㉠의 뜻으로 알맞은 것은 무엇입니까? (   )

① 구린내가 심한 방귀를 뀌다.
② 거드름을 피우며 잘난 체하다.
③ 남의 비위를 맞추고 아첨을 떨다.
④ 남이 듣지 못하게 슬그머니 방귀를 뀌다.
⑤ 코로 나오는 숨을 막았다가 갑자기 터뜨리면서 소리를 내다.

2 이해

원님이 농사꾼 차림으로 부자를 찾아간 까닭을 알맞게 말한 친구의 이름을 쓰세요.

- 진훈: 원님은 자신이 검소한 사람이라는 것을 알려 주고 싶었을 거야.
- 서우: 부자가 가난한 사람을 업신여긴다는 소문을 확인해 보려고 그랬지.
- 민지: 원님은 부자가 자신을 알아보는지 못 알아보는지 확인해 보려고 허름한 차림으로 바꾸고 찾아간 거야.

(   )

3 구조

이 글에서 일이 일어난 차례에 맞게 빈칸에 숫자를 쓰세요.

(1) 부자가 환갑잔치를 열었다. (   )
(2) 부자가 원님에게 잘못을 빌었다. (   )
(3) 원님이 농사꾼 차림으로 찾아가자 부자가 내쫓았다. (   )
(4) 원님이 관복을 차려입고 가자 부자가 반갑게 맞았다. (   )
(5) 원님이 의관에게 준 것이라며 옷 속에 음식을 넣었다. (   )

4 비판

이 이야기에 나오는 인물의 행동을 잘못 평가한 친구에 ○표 하세요.

(1) 부자처럼 옷차림만 보고 사람을 평가하는 것은 잘못된 행동이야.

(2) 원님이 부자의 잘못을 꼬집으려고 음식을 옷 속에 넣은 것은 아주 재치 있어.

(3) 원님이 부자를 놀리려고 허름한 농사꾼 차림으로 잔치에 간 것은 잘못이야.

18 인물의 가치관을 나의 상황에 적용하기

4주

★ 다음 장면에 나타난 인물의 말과 행동을 살펴보세요. 그리고 빈칸에 들어갈 알맞은 말을 글자판에서 찾아 인물의 가치관을 완성하세요.

이 장면에 등장하는 의사는 장기려 선생입니다. 장기려 선생의 말과 행동으로 미루어, [ ] 보다 사람을 중요하게 생각하며, [ ] 사람을 [ ] 는 것을 알 수 있습니다.

보	어	왔
도	돈	려
다	운	석

주제 탐구

전기문을 읽으며 인물의 가치관을 파악하고 본받을 점을 찾아 자신의 생활에 적용할 수 있습니다. 먼저 인물의 말과 행동이나 생각, 인물이 한 일 등을 통해 가치관을 파악합니다. 그 가운데서 본받을 점을 찾아 자신의 생활에 적용합니다.

● (1~2) 다음을 읽고 물음에 답하세요.

1911년에 태어난 장기려 선생은 가난하고 아픈 사람들을 돌보는 데 평생을 바쳤어요. 병원과 의사가 부족하던 시절에는 하루에 200명이나 되는 환자를 돌보았어요. 돈이 없는 환자는 무료로 치료를 해 주거나 대신 치료비를 내주었지요.

한번은 가진 돈이 없어서 퇴원하지 못하는 가난한 농부를 몰래 병원 뒷문으로 보내 준 일도 있었어요. 장기려 선생은 유능한 의사로 이름을 떨쳤지만, 늘 가진 것을 나누어 주었기 때문에 변변한 집 한 채 장만하지 못했어요. 아픈 사람을 돌보느라 병원 건물의 옥상에 마련한 집에서 지내다 1995년에 세상을 떠났답니다.

1 장기려 선생에게 본받을 점을 알맞게 말한 친구의 이름을 쓰세요.

- 민영: 유명한 의사로 이름을 떨친 점을 본받아야겠어.
- 기진: 할 일을 하루에 몰아서 하는 점을 본받아야겠다.
- 혜성: 가진 것을 나누며 가난한 사람들을 도와준 점을 본받고 싶어.

( )

2 이 글에서 본받을 점을 나에게 적용한 것으로 맞으면 ○표, 틀리면 X표 하세요.

(1) 누나가 부모님 몰래 친구들과 놀러 나간다고 해서 뒷문을 열어 주었어. [ ]

(2) 나는 부모님께 받은 용돈 가운데 일부를 형편이 어려운 사람들을 돕는 단체에 기부했어. [ ]

(3) 나는 장기려 선생님이 아픈 사람들을 정성껏 돌봐 준 것처럼 감기에 걸리신 엄마께 약을 사다 드렸어. 그리고 엄마 대신 집안일도 했지. [ ]

유형 1 인물의 생각과 한 일에서 가치관 파악하기

규칙에 얽매이지 않고 새로운 그림을 그리려는 피카소의 생각과 한 일에서 가치관을 파악합니다.

고대 옛 시대.
걸작 매우 훌륭한 작품.

1 이 글에 나타난 피카소의 가치관으로 알맞은 것은 무엇입니까? (　　　)

미술

뛰어난 화가로 인정받던 피카소는 프랑스의 한 박물관에서 고대 인디언과 아프리카 사람들의 예술품을 보고 생각에 잠겼다.

'원뿔, 세모, 네모처럼 단순한 도형으로 이렇게 인상적인 예술품을 만들다니! 그래, 규칙에 얽매이지 않겠어. 새로운 그림을 그리는 거야.'

피카소는 작업실에 틀어박혀 그림을 그리고 또 그렸다. 1907년, 마침내 그림 「아비뇽의 아가씨들」을 완성하고 친구들에게 선보였다.

"자네가 이따위 그림을 그리다니! 순 엉터리 같은 그림이야."

친구들은 실망과 비난을 담아 말했지만 피카소는 새로운 시도를 멈추지 않았다. 시간이 흐르면서 사람들도 점점 피카소의 작품에 매력을 느꼈다. 오늘날 「아비뇽의 아가씨들」은 걸작으로 여겨지고 있다.

① 친구들과의 우정을 소중하게 여긴다.
② 인상적인 예술품을 만들고 싶어 한다.
③ 사람들에게 인정받는 것을 최고로 여긴다.
④ 걸작을 만들기 위해 최선의 노력을 다한다.
⑤ 규칙에 얽매이지 않고 계속 새롭게 도전하려고 한다.

유형 2 인물에게 본받을 점 파악하기

몸이 점점 굳어 가는 루게릭병에 걸렸지만, 슬픔과 장애를 딛고 우주에 관한 연구를 계속한 스티븐 호킹의 생각과 행동에서 본받을 점을 찾습니다.

2 스티븐 호킹에게 본받을 점을 잘못 말한 것에 ○표 하세요.

과학

스티븐 호킹은 의사에게 하늘이 무너지는 것 같은 말을 들었어요.
"당신은 루게릭병입니다. 온몸의 근육이 점점 굳어 가는 질병이지요. 길어야 2~3년 정도밖에 살지 못할 겁니다."
스티븐 호킹은 한동안 큰 슬픔에 빠졌지만, 마음을 고쳐먹었어요.
'포기하지 말자. 몸을 움직일 수 없지만, 생각은 자유롭게 할 수 있어. 난 아직 우주에 대해 알고 싶은 것이 많잖아.'
스티븐 호킹은 휠체어에 앉아 다시 우주에 관한 연구를 시작했어요.

(1) 장애인 차별에 반대한 점을 본받고 싶어. (　　)
(2) 포기하지 않고 큰 슬픔을 이겨 낸 점을 본받고 싶어. (　　)
(3) 우주에 대해 끊임없이 탐구하는 정신을 본받고 싶어. (　　)
(4) 장애를 딛고 꿋꿋이 연구를 다시 시작한 점을 본받고 싶어. (　　)

3 이 글에서 인물의 본받을 점을 찾아 행동하지 못한 친구에 ○표 하세요.

국어

유형 3 인물의 가치관을 나의 상황에 적용하기

호세 무히카의 말과 행동에서 가치관을 파악하고 자신의 생활에 적절하게 적용한 친구를 고릅니다.

노숙인 길이나 공원 등지에서 한뎃잠을 자는 사람.
텃밭 집터에 딸리거나 집 가까이 있는 밭.
절제할 정도에 넘지 아니하도록 알맞게 조절하여 제한할.
임기 임무를 맡아보는 일정한 기간.

농장에서 일하는 호세 무히카

"세계에서 가장 가난한 대통령이 누구인 줄 아나?"
"하하하, 우리 우루과이 사람 중에 그거 모르는 사람 있나? 호세 무히카지!"

호세 무히카는 우루과이의 40대 대통령이었어요. 대통령으로 있을 때, 호세 무히카는 커다란 대통령궁을 노숙인들이 쉴 수 있는 쉼터로 내주었어요. 자신은 원래 살던 작은 농장에서 낡은 자동차를 타고 출퇴근을 했지요. 직접 텃밭에서 채소를 기르며 검소하게 생활하고, 대통령이 되어 받은 월급의 90%를 가난한 사람을 위해 기부했답니다.

호세 무히카는 왜 그렇게 가난하게 사느냐고 묻는 사람들에게 말했어요.

"나는 절제할 줄 아는 것이지 가난한 것이 아닙니다."

또, 물건을 소비하는 것을 최고로 여기고 개발을 부추기는 사람들을 향해 이렇게 말했지요.

"우리는 지구를 개발하려고 세상에 온 게 아닙니다. 우리는 행복해지기 위해 이 세상에 왔습니다."

호세 무히카는 대통령 임기를 마쳤지만, 지금도 '세계에서 가장 가난한 대통령'으로 불리며 많은 사람의 사랑과 존경을 받고 있어요.

(1) 나도 나눔을 실천하려고 용돈 가운데 일부를 불우 이웃 돕기 성금으로 냈어.

(2) 나도 호세 무히카처럼 행복해지기 위해서 갖고 싶었던 것을 많이 샀지.

(3) 호세 무히카의 검소한 점을 본받아 예쁜 지우개를 새로 사려다 말았어.

●**글의 종류** 전기문

●**글의 특징** 황희 정승의 어릴 적 일화를 쓴 전기문입니다. 글을 통해 황희가 생명을 소중히 여기는 가치관을 지녔다는 것을 짐작할 수 있습니다.

●**낱말 풀이**
재상 임금을 돕고 모든 관리를 지휘하고 감독하는 일을 맡아보던 높은 벼슬.
머슴 옛날에 남의 집에 고용되어 그 집의 농사일을 비롯해 주인이 시키는 여러 가지 일을 해 주던 남자.

조선 시대의 유명한 재상인 황희가 어렸을 때의 일이야. 하루는 집 앞에서 친구들과 놀고 있는데, 머슴이 다가왔어.

"도련님들, 산에 나무하러 갔다가 산새 알을 보았는데 가서 구경하실래요? 원하시면 산새 알을 둥지에서 꺼내 드릴게요."

"우아! 가자. 산새 알을 꺼내서 갖고 놀자."

친구들은 신이 나서 머슴을 따라나섰어. 황희는 내키지 않는 얼굴로 걸음을 옮기다 슬쩍 머슴을 불렀어.

㉠"산에 도착하거든 산새 알을 못 찾겠다고 말해 다오."

"왜요? 옳아, 도련님 혼자 다 가지려고 그러시는군요."

㉡"아무튼 부탁해. 산새 알을 내게만 보여 주면, 그 대가로 달걀을 많이 줄게."

"그러지요. 저야 달걀을 먹으면 좋으니까요."

머슴은 황희의 말대로 산새 알을 못 찾는 척했어. 황희는 투덜거리는 친구들과 집으로 돌아왔지. 이튿날 머슴이 산새 알을 보러 가자고 했어.

"글공부를 해야 하니까 다음에 가자꾸나."

황희는 산새 알 보러 가는 것을 자꾸만 미뤘어. 머슴도 농사일이 바빠서 더는 조르지 않았지.

그러던 어느 날, 황희가 머슴에게 산새 알을 보러 가자고 했어. 둘이 산에 올라 산새 둥지를 살폈는데, 산새 알이 모두 깨져 있었어.

"그래, 알에서 새끼가 깨어나 날아갔구나!"

황희는 깨진 산새 알을 보며 기쁜 표정을 지었어. 머슴은 고개를 갸웃했지.

"늦게 온 탓에 산새 알을 얻지도 못했는데, 뭐가 좋아서 웃는……. 앗! 산새가 알에서 깨어나길 바라서 일부러 그러셨군요."

황희는 환하게 웃으며 말했어.

"자, 약속한 달걀을 줄 테니 그만 돌아가자."

지문 ★☆☆
낱말 ★☆☆

1 이 글에서 일어난 일이 아닌 것은 무엇입니까? (　　　)

이해

① 황희가 산새 알 보러 가는 것을 자꾸 미뤘다.
② 머슴이 황희와 친구들에게 산새 알을 보러 가자고 했다.
③ 황희가 머슴에게 산새 알을 못 찾겠다고 말하라고 했다.
④ 황희와 머슴이 산새 알을 보러 갔는데 알이 깨져 있었다.
⑤ 황희는 산새가 알을 깨고 나와 날아간 것을 알고 슬퍼했다.

4주 3일 학습 끝!

붙임 딱지 붙여요.

2 황희가 ㉠, ㉡처럼 말한 까닭으로 알맞은 것의 기호를 쓰세요. (　　　)

추론

㉮ 머슴에게 달걀을 주고 싶어서
㉯ 산새 알을 자신이 혼자 가지려고
㉰ 새끼들이 알에서 깨어나 날아가게 하려고
㉱ 다른 아이들에게 직접 산새 알을 찾게 하려고

3 이 글에서 알 수 있는 황희의 가치관으로 알맞은 것은 무엇입니까? (　　　)

추론

① 욕심을 부리면 안 된다.
② 거짓말을 하면 안 된다.
③ 약속한 것은 꼭 지켜야 한다.
④ 생명을 소중하게 여겨야 한다.
⑤ 친구들의 우정을 소중히 여겨야 한다.

4 이 글에서 본받을 점을 찾아 자신에게 적용하지 못한 친구에 ○표 하세요.

문제해결

(1) 친구들이 길고양이를 괴롭히는 것을 보고 그러지 말라고 말렸어.

(3) 해외여행에서 코끼리 등에 올라탄 적이 있어. 원숭이에게 과자를 주기도 했지.

19 이야기에서 인상 깊은 장면 표현하기

4주

★ 다음은 어떤 이야기의 인상 깊은 장면들이에요. 네 장면을 잘 살펴보고 빈칸에 이야기의 제목을 쓰세요.

『　　　　　　　　』

주제 탐구

이야기를 읽고 인상 깊은 장면을 찾아 자유롭게 표현할 수 있습니다. 일어난 일, 인물의 행동, 인물의 마음에서 자신이 인상 깊게 느끼는 부분을 찾아보고 인물이 처한 상황에 알맞은 표정과 말투로 장면을 표현해 봅니다.

● (1~2) 다음을 읽고 물음에 답하세요.

장난감 나라에 간 피노키오는 날마다 친구들과 구슬치기, 공놀이, 연극 구경 등을 하며 즐겁게 놀았어요. 장난감 나라에서는 누구도 아이들에게 공부를 하라거나 그만 놀라는 말을 하지 않았답니다.

그러던 어느 날, 아침에 일어나서 거울을 본 피노키오는 깜짝 놀랐어요. 귀가 당나귀처럼 기다랗게 변했거든요. 그때 누군가 똑똑 문을 두드렸어요. 피노키오는 얼른 모자로 귀를 가리고 문을 열었어요.

"심지로구나. 앗! 너도 모자를 썼네. 혹시 귀가 나처럼……."

둘은 동시에 모자를 벗고 마주 보며 깔깔 웃었어요. 배를 잡고 바닥을 데굴데굴 굴렀지요. 그런데 잠시 뒤, 심지가 울먹이며 외쳤어요.

㉠"피노키오! 나 두 발로 일어설 수가 없어."

"나도 그래. 이런, 심지야! 우리 엉덩이에 긴 꼬리가 생겼어."

1 이 글에서 인상 깊은 장면을 잘못 말한 친구에 ○표 하세요.

(1) 피노키오가 장난감 나라에서 친구들과 노는 장면이 인상 깊어. 나도 같이 놀고 싶다.

(2) 장난감 나라에서 아이들에게 공부를 하라고 했다는 사실이 놀라워.

(3) 피노키오와 심지의 귀가 길어지고, 긴 꼬리가 생긴 장면이 인상적이야.

2 ㉠을 극본으로 바꿀 때 빈칸에 들어갈 말투로 알맞은 것은 무엇입니까? (　　　)

심지: (　　　　　　　　　)피노키오! 나 두 발로 일어설 수가 없어.

① 기쁜 목소리로　② 미안한 목소리로　③ 부끄러운 목소리로
④ 울먹이는 목소리로　⑤ 위로하는 목소리로

유형 1 이야기에서 일어난 일 파악하기

토끼의 집에 간 앨리스가 한 일을 살펴 일어난 일을 파악합니다.

1 국어

이 글에서 일어난 일이 아닌 것은 무엇입니까? (　　　)

앨리스는 토끼의 집에서 작은 병에 든 물을 마셨어요. 그러자 몸이 쑥쑥 자랐어요. 집 안을 꽉 채우고도 계속 자라서 한 팔을 창문 밖으로 내밀고 한 발을 굴뚝에 밀어 넣었지요. 놀란 토끼가 소리쳤어요.

"이게 무슨 일이람. 집을 불태워 버려야겠군!"

"그랬다간 고양이 다이너를 부를 거야!"

앨리스도 놀라서 외쳤지요. 잠시 뒤 토끼가 수레에 돌멩이를 싣고 와 앨리스에게 던졌어요. 바닥에 떨어진 돌멩이는 놀랍게도 케이크로 변했어요. 앨리스가 케이크를 집어 먹자 스르륵 몸이 줄어들었지요.

루이스 캐럴, 『이상한 나라의 앨리스』

① 토끼는 앨리스의 몸이 커진 것을 보고 놀랐다.
② 앨리스가 작은 병에 든 물을 마시고 몸이 자랐다.
③ 토끼가 수레에 케이크를 싣고 와서 앨리스에게 먹였다.
④ 엘리스는 토끼가 던진 돌이 변한 케이크를 먹고 몸이 줄어들었다.
⑤ 토끼가 집을 불태우겠다고 하자 앨리스가 고양이를 부르겠다고 말했다.

유형 2 인상 깊은 장면 찾기

손오공이 괴물을 찾아간 다음 일어난 일과 손오공의 행동을 잘 살펴보고, 인상 깊은 이야기 속 장면을 찾습니다.

둔갑해라 요술로 자기 몸을 감추거나 다른 것으로 바뀌어라.

2 국어

이 글에서 인상 깊은 장면으로 알맞지 않은 것에 ○표 하세요.

손오공은 새끼 원숭이들을 잡아간 괴물을 찾아갔어.

"난 손오공이다! 괴물아, 썩 나와서 나랑 한판 붙자!"

"허허! 꼬마 원숭이가 내게 맞서겠다니, 정신이 나간 모양이로구나."

커다란 괴물은 손오공을 향해 무기를 휘둘렀어. 손오공은 재빨리 피하고는 가슴털을 한 줌 뽑아 휙 불며 외쳤지. / "둔갑해라!"

그러자 털 하나하나가 작은 손오공으로 변했어. 작은 손오공들은 괴물에게 덤벼들어 콧구멍과 눈을 찌르고, 귀와 몸을 깨물었단다.

오승은, 『서유기』

(1) 털 하나하나가 작은 손오공으로 변했다는 것이 신기해. (　　　)
(2) 잡혀간 새끼 원숭이들이 손오공을 도와서 싸운 것이 기특해. (　　　)
(3) 손오공이 괴물의 무기를 재빨리 피하며 가슴털을 뽑는 장면이 인상적이야. 그 모습이 눈앞에 생생하게 그려져. (　　　)

3 이야기에서 인상 깊은 장면을 표현한 말과 행동으로 알맞지 않은 것의 기호를 쓰세요. (   )

국어

까마득히 먼 옛날에 지혜로운 나무꾼이 산에 나무를 하러 갔다가 굶주린 호랑이를 만났어. 꼼짝없이 호랑이에게 잡아먹힐 처지였지. 그런데 나무꾼이 꾀를 냈어. 호랑이에게 넙죽 절을 하고는 반갑게 말했지.

"세상에! 형님, 이제야 만나 뵙는군요."

호랑이는 어이가 없다는 얼굴로 말했어.

"형님이라니? 호랑이인 내가 어떻게 사람의 형님이란 말이냐?"

"어머니께서 말씀하시길 어릴 때 산에서 제 형을 잃어버렸는데, 가끔 꿈에 형님이 나타나 호랑이가 되어 돌아오지 못한다고 했답니다. 형님! 그동안 산속에서 얼마나 고생이 많으셨습니까?"

나무꾼은 눈물을 글썽이며 능청스럽게 말했어. 호랑이가 그 말을 듣고 가만 생각해 보니, 누가 자신을 낳았는지 영 모르겠어. 나무꾼 말처럼 자신이 사람이었을지도 모른다는 생각이 들면서 어머니가 그리워지지 뭐야.

"아이고! 얘야, 어머니께서는 안녕하시냐?"

호랑이는 눈물을 흘리며 물었어.

"날마다 형님 생각을 하며 울고 계십니다. 오늘에야 이렇게 형님을 만났으니, 어서 어머니를 뵈러 집으로 갑시다."

나무꾼은 호랑이를 졸랐지만, 호랑이는 슬픈 얼굴로 고개를 저었어.

"호랑이의 탈을 쓰고서 어떻게 갈 수 있겠느냐. 한 달에 두 번 돼지나 갖다줄 테니, 네가 어머니를 잘 모셔 다오."

㉮

㉯

㉰

유형 3 인상 깊은 장면을 찾아 표현하기

호랑이를 만난 나무꾼이 호랑이에게 형님이라고 부르는 인상 깊은 장면을 찾고 호랑이와 나무꾼에게 어울리는 말투와 몸짓을 파악합니다.

능청스럽게 속으로는 엉큼한 마음을 숨기고 겉으로는 천연스럽게 행동하는 데가 있게.

영 전혀 또는 도무지.

● **글의 종류** 이야기(소설)

● **글의 특징** 이 글은 마치 가문의 네 자매 이야기를 그린 소설 『작은 아씨들』의 일부입니다. 주어진 글은 조와 다툰 에이미가 얼음이 깨져 강물에 빠진 일로 서로의 마음을 알게 되어 화해하는 부분입니다.

● **낱말 풀이**

본체만체했습니다 보고도 안 본 체했습니다.

달싹였습니다 어깨나 엉덩이, 입술 따위가 가볍게 들렸다 놓였다 했습니다.

지문 ★☆☆

낱말 ★★☆

에이미가 소설 원고를 태워 버린 일로, 조는 에이미에게 눈길도 주지 않았습니다. 에이미가 여러 번 잘못을 사과했지만 조는 화를 풀지 않았습니다.

다음 날 에이미는 조가 로리와 스케이트 타러 가는 것을 보았습니다.

'조 언니가 스케이트를 타다 기분이 좋아졌을 때 사과하면 받아 줄지도 몰라.'

에이미는 스케이트를 들고 조를 따라갔습니다. 조는 에이미가 따라온 까닭을 눈치챘지만, 여전히 에이미를 본체만체했습니다.

"강 가운데로 가지 마! 얼음이 깨질 수 있거든."

로리가 스케이트를 타며 조와 에이미를 향해 외쳤습니다. 하지만 에이미는 그 말을 듣지 못한 채 강 가운데를 향해 미끄러져 갔습니다. 그 순간, 얼음이 쩍 갈라지더니 에이미가 물에 빠졌습니다. 그 모습을 본 조는 너무 놀라서 돌처럼 굳어 버렸습니다. 로리는 에이미에게 달려가며 소리쳤습니다.

"조, 정신 차려! 빨리 울타리의 나무를 뽑아 와!"

조는 자신이 어떻게 울타리로 가서 나무를 뽑아 왔는지 알 수가 없었습니다. 다행히 둘은 울타리의 나무를 지렛대처럼 이용해 에이미를 물에서 건져 냈습니다.

그날 밤, 조는 따뜻한 난롯가에서 잠든 에이미를 보며 생각했습니다.

'내 잘못이야. 내가 사과를 받아 주었더라면…….'

㉠그때 에이미가 눈을 뜨고 조에게 무언가 말하려는 듯 입술을 달싹였습니다. 조는 얼른 다가가 에이미를 꼭 끌어안고 볼에 입을 맞추었습니다. 두 사람에게는 미안하다는 말도, 용서한다는 말도 필요 없었습니다.

루이자 메이 올컷, 『작은 아씨들』

1 에이미가 조를 따라간 까닭은 무엇입니까? (   )

이해

① 조와 로리가 사이좋은 것이 질투 나서
② 조와 스케이트를 타러 가기로 약속해서
③ 조와 로리가 놀고 있을 때 골탕 먹이려고
④ 조가 스케이트를 타다 기분 좋을 때 사과하려고
⑤ 조가 사과를 받지 않아 화가 난 마음을 달래려고

4주 4일 학습 끝!
붙임 딱지 붙여요.

2 이 글에서 사건이 일어난 차례에 맞게 빈칸에 알맞은 기호를 쓰세요.

구조

> ㉮ 조와 에이미가 서로 화해했다.
> ㉯ 조가 로리와 스케이트를 타러 갔다.
> ㉰ 에이미가 조의 소설 원고를 태워 버렸다.
> ㉱ 에이미가 스케이트를 타다 강물에 빠졌다.
> ㉲ 조와 로리가 에이미를 강물에서 건져 집으로 데려갔다.

㉰ ➡ (   ) ➡ ㉱ ➡ (   ) ➡ (   )

3 ㉠에 대해 짐작한 내용으로 알맞은 것을 두 가지 고르세요. (   )

추론

① 에이미는 조에게 사과하려고 입술을 움직였을 것이다.
② 에이미는 기분 나쁜 일에 대해 말하고 싶지 않았을 것이다.
③ 조는 에이미 때문에 스케이트를 타지 못해 더 화가 났을 것이다.
④ 에이미는 사과를 받아 주지 않는 조가 미워서 입술을 삐죽였을 것이다.
⑤ 조는 에이미를 용서하고 사랑한다는 뜻으로 안고 볼에 입을 맞추었을 것이다.

4 이야기 속 인상적인 장면을 잘못 말한 친구에 ○표 하세요.

비판

(1) 조와 로리가 강물에 빠진 에이미를 어떻게 건져 냈는지 궁금해. (   )
(2) 얼음이 깨지면서 에이미가 물에 빠지는 장면에서 나도 몹시 놀랐어. (   )
(3) 조가 에이미를 끌어안고 볼에 입을 맞추는 장면에서 에이미를 용서했다는 것을 알 수 있어. (   )

전하려는 마음 표현하기

★ 다음 그림 속에는 전하고 싶은 말을 표현하지 못하는 친구들이 있어요. 친구들에게 알맞은 말을 보기 에서 찾아 빈칸에 쓰세요.

보기

그립다	걱정된다	부끄럽다
기대된다	사랑스럽다	홀가분하다

(1)

(2)

(3)

(4)

주제 탐구

전하려는 마음을 표현할 때는 먼저 마음을 전하고 싶은 일을 떠올려 어떤 마음을 전하고 싶은지 생각합니다. 그리고 전하려는 마음을 잘 나타낼 수 있는 표현을 사용합니다. 읽는 사람의 마음이 어떠할지 짐작하며 표현합니다.

1 보기 에서 마음을 전하는 말과 뜻이 비슷한 낱말을 골라 빈칸에 쓰세요.

보기

창피하다 가뿐하다 좋다 후련하다 염려스럽다
생각나다 보고 싶다 기쁘다 민망하다 서럽다

(1)	부끄럽다		
(2)	즐겁다		
(3)	그립다		
(4)	홀가분하다		
(5)	걱정된다		
(6)	슬프다		

2 친구들의 상황과 표정을 살펴 알맞게 마음을 전한 친구를 선으로 이으세요.

(1) 미술 대회에 나갔는데 그림을 망쳐 버렸어.

(2) 지난 주말에 바다로 놀러 가서 신나게 놀고 왔어.

(3) 어제 저녁에 혼자 집에 있는데, 갑자기 천둥이 우르릉 쾅쾅 쳤어!

① 즐거웠겠다.

② 어머! 놀라고 무서웠겠다.

③ 속상하겠구나. 기운 내. 다음에는 잘 할 수 있을 거야.

유형 1 글쓴이가 전하려는 마음 파악하기

수진이가 지우에게 편지를 쓴 까닭을 찾아 전하려는 마음을 파악합니다.

1 이 글에서 수진이가 전하려는 마음은 무엇입니까? (　　　)

국어

지우에게

지우야, 안녕?

아까 너랑 통화했을 때, 깜박 잊고 못 한 말이 있어서 편지를 써.

지우야, 미술 대회에서 상 받은 것 축하해! 그 소식을 듣고 얼마나 기뻤는지 몰라. 꼭 내가 상을 받은 기분이었다니까? 그동안 너는 힘든 것도 꾹 참고 열심히 미술 대회를 준비했어. 그리고 좋은 성적을 거두었지.

네가 정말 자랑스러워. 축하해!

20○○년 7월 12일

수진이가

① 궁금한 마음　② 고마운 마음　③ 힘겨운 마음
④ 축하하는 마음　⑤ 자랑하고 싶은 마음

유형 2 전하려는 마음에 알맞은 표현 찾기

마리의 편지를 손꼽아 기다리는 글쓴이의 마음을 나타낼 수 있는 표현을 찾습니다.

2 빈칸에 들어갈 표현으로 알맞은 것에 ○표 하세요.

국어

마리에게

당신의 편지를 받는 것은 세상에서 가장 큰 즐거움입니다.

지난 두 달 동안 나는 당신의 소식을 듣지 못해서 견디기 힘들었어요. 그런데 당신이 보낸 편지를 받으니, (　　　　　　　　)

당신이 공기 좋은 곳에서 푹 쉬고, 10월에는 이곳으로 돌아와 주기를 바랍니다. 나는 다른 곳으로 가지 않고 계속 여기 시골에서 머물 생각입니다. 열린 창문 앞이나 정원에서 하루를 보내겠지요.

피에르 퀴리, '마리 퀴리에게 보내는 편지' 중에서

(1) 원망스러운 마음이 듭니다. (　　　)
(2) 말할 수 없이 반가웠습니다. (　　　)
(3) 슬픔을 가눌 길이 없습니다. (　　　)

3 이 글에 대한 설명으로 알맞지 않은 것은 무엇입니까? (　　　)

국어

사랑하는 준수에게

준수야, 엄마야.

오늘 일을 사과하고 싶어서 편지를 써.

낮에 엄마가 네 말을 들어 보지도 않은 채 야단을 쳐서 ㉠속상했지? 또 무조건 동생에게 양보하라고 해서 ㉡서운했을 거야. 엄마가 미안해.

엄마는 진우가 쓰고 있는 캐릭터 연필이 네 것인 줄 몰랐어. 더욱이 네가 좋아하는 친구에게 선물받은 연필이라 아껴 두고 있었다는 것도 알지 못했지. 그저 진우가 연필로 그림을 그리는데, 네가 화를 내면서 연필을 뺏어 가는 것만 보고 널 나무라고 말았구나.

나중에 네 이야기를 듣고 엄마의 잘못을 깨달았어. 그리고 네가 "엄마는 늘 내 말은 듣지도 않고 진우 편만 든다."고 말하면서 울었을 때, 몹시 ㉢마음이 아팠단다.

준수야, 엄마가 정말 미안해. 앞으로는 꼭 무슨 일인지 물어보고, 네 말을 귀 기울여 들을게.

엄마의 잘못을 용서해 주길 바라며…….

20○○년 3월 15일

엄마가

① 이 글은 엄마가 준수에게 쓴 편지이다.

② ㉠은 엄마가 준수의 마음을 헤아린 표현이다.

③ 엄마가 준수에게 미안한 마음을 전하려고 썼다.

④ ㉡은 엄마가 준수 동생인 진우의 마음을 헤아린 표현이다.

⑤ ㉢은 엄마가 준수에게 전하고 싶은 마음을 표현한 것이다.

유형 3 읽는 사람의 마음을 고려한 표현 파악하기

마음을 전하는 글의 특징과 읽는 사람(준수)의 상황이나 처지를 이해하고 헤아리는 표현을 파악하는 문제입니다.

나무라고 잘못을 꾸짖어 알아듣도록 말하고.

●글의 종류 편지

●글의 특징 아빠인 네루가 열네 살이 된 딸 인디라에게 보내는 편지의 일부입니다. 주어진 글은 딸이 태양처럼 밝게 자라기를 바라며 당부하는 마음을 담고 있습니다.

●자와할랄 네루
인도의 총리를 지낸 인물. 편지를 쓸 당시 인도를 식민지로 삼아 지배하던 영국에 맞서 독립 운동을 하다가 감옥에 갇혀 있었음.

●낱말 풀이
형무소 잘못을 저지른 사람을 가두어 두는 곳.
당부하고 말로 단단히 부탁하고.
그른 어떤 일이 이치에 맞지 않는 면이 있는.

지문 ★★☆

낱말 ★☆☆

열네 살이 된 인디라 프리아달시니에게

생일날이면 너는 항상 선물을 받고 축하 인사도 받았지. 하지만 ㉠아빠가 형무소 안에 있으니 직접 눈으로 보거나 손으로 만질 수 있는 물건을 선물할 수는 없구나. 그 대신 형무소의 높은 담도 가로막지 못하는 바람이나 마음 같은 것을 보내야겠다.

(중략)

앞으로 아빠는 세계 여러 민족의 역사를 편지로 들려주려고 해.

하지만 그 전에 네게 당부하고 싶은 말이 있단다.

사람은 때로 무슨 일을 해야 할지 모를 때가 있어. 이게 옳은 일인지, 그른 일인지 헷갈릴 때도 있지. 그럴 때는 어떻게 해야 할까?

만약 그런 고민이 생긴다면 그 일이 밝은 일인지 어두운 일인지 생각해 보렴. 무슨 일을 하든지 다른 사람의 눈을 피해서 하지 마라. 그리고 숨기고 싶은 일은 하지 말렴.

사람은 태양 아래에서 살고 있단다. 우리 인도를 사랑하는 마음도, 살아가는 일도 태양처럼 밝아야 한다. 이 당부를 실천하다면, 너는 무슨 일이 있어도 두려워하지 않는 '빛의 딸'로 자랄 거란다.

1930년 10월 26일

나이니 중앙 형무소에서 네루

4주 5일 학습 끝!

붙임 딱지 붙여요.

1 이 편지에서 알 수 있는 내용이 아닌 것은 무엇입니까? (　　　)

이해

① 아빠인 네루는 형무소에 갇혀 있다.
② 인디라 프리아달시니는 열네 살이 되었다.
③ 네루는 딸에게 만질 수 있는 물건을 선물로 보냈다.
④ 네루는 앞으로 딸에게 편지로 여러 민족의 역사를 알려 주려고 한다.
⑤ 인디라 프리아달시니는 그동안 생일날에 선물을 받고 축하 인사도 받았다.

2 ㉮~㉳ 중 네루가 딸 인디라에게 당부하는 말을 모두 골라 기호를 쓰세요.

이해

㉮ 인도를 사랑할 것
㉯ 숨기고 싶은 일은 하지 말 것
㉰ 무슨 일이든 두려워하지 말 것
㉱ 세계 여러 민족의 역사를 공부할 것
㉲ 무슨 일이든 다른 사람의 눈을 피해서 하지 말 것
㉳ 옳은 일인지 그른 일인지 헷갈릴 때는 그 일이 밝은 일인지 어두운 일인지 생각할 것

(　　　　　　　　　　)

3 ㉠에 담긴 네루의 마음으로 알맞은 것은 무엇입니까? (　　　)

추론

① 기쁜 마음　② 두려운 마음　③ 뿌듯한 마음
④ 안타까운 마음　⑤ 부끄러운 마음

4 네루의 당부대로 실천하지 못한 친구에 ○표 하세요.

(1) 길에서 돈이 든 지갑을 주워서 경찰서에 갖다 주었어.

(2) 축구를 하다가 유리창을 깼는데 아무도 본 사람이 없어서 빨리 집으로 돌아왔어.

(3) 쪽지 시험 볼 때 앞 친구가 쓴 답이 보였지만 얼른 눈을 돌렸어.

빠르게 읽기

책을 빠르게 읽는 것을 '속독'이라고 해요. 속독을 하려면 먼저 핵심 낱말을 눈에 익히면서 줄글을 지그재그로 보며 시야를 넓혀야 하지요. 제한 시간을 정해 두고 책에서 훑어 본 낱말 중에서 기억에 남는 것들을 적어 보세요. 가벼운 정보를 얻기 위한 글을 읽을 때 쓸모 있는 독서 방법이에요.

빠르게 읽기

속독은 짧은 시간 내에 많은 양의 책을 읽는 거예요. 그래서 시험을 준비하거나 정보를 얻기 위해 신문, 잡지 등을 읽거나 머리를 식히기 위해 이야기 글을 읽는 데 알맞아요.

속독을 하려면 어느 정도 훈련이 필요해요. 먼저 눈이 바라보는 시야를 넓히고 눈 근육을 키워 주는 훈련부터 연습해 볼까요?

첫째, 왼쪽 그림 속 동그라미 바깥의 진한 선을 집중해서 보세요. 눈을 깜빡이지 않고 선이 희미해지지 않게 힘을 주어 바라보는 연습을 하는 거예요.

둘째, 목은 그대로 두고 눈만 움직여 오른쪽 그림의 왼쪽과 오른쪽 숫자를 1~10까지 번갈아 가며 따라가는 거예요. 이 훈련을 하루에 20회 정도 반복해 보세요.

1 이 글을 빠르게 10초 동안 읽고, 10초 안에 몇 행을 읽었는지 표에 쓰세요. 횟수를 더 하는 사이 10초 안에 읽는 행이 늘어나게 될 거예요.

공룡이 왜 사라졌는지에 대해서는 학자마다 여러 의견을 제시하고 있다. 첫 번째는 독성이 있는 식물이 번성하여 이것을 먹은 공룡들이 멸종되었다는 것이다. 두 번째는 포유류가 나타난 뒤 공룡이 먹이 경쟁에서 지게 되어 공룡들이 멸종되었다는 것이다. 세 번째는 100만 년에 한 번씩 나타나는 우주의 구름이 통과할 때 지구의 온도가 갑자기 떨어져서 공룡이 멸종되었다는 것이다. 네 번째는 지구 자체의 화산 활동 때문에 공룡들이 멸종되었다는 것이다. 마지막으로 소행성이 지구와 충돌하여 지구 환경이 급격히 변해 공룡이 멸종되었다는 것이다.

1회	(　　　)행	2회	(　　　)행	3회	(　　　)행

이번 주 나의 독해력은?		
	이번 주 학습을 모두 끝마쳤나요?	☺ / ☺ / ☹
	시를 읽고 난 느낌을 표현할 수 있나요?	☺ / ☺ / ☹
	인물의 가치관을 파악해 나의 상황에 적용할 수 있나요?	☺ / ☺ / ☹

세 마리 토끼 잡는

초등 독해력

정답 및 풀이

쪽수를 잘 보고 정확한 정답과
자세한 풀이를 만나 보세요.

1주 12~13쪽 개념 톡톡

★ 예 못 쓰게 된 물건의 용도를 바꾸어 다시 쓰는 것
1. (1) ② (2) ① 2. (1) 일기도 (2) 일교차 (3) 가계부
(4) 직업 3. (1) × (2) ○ (3) × (4) ○

★ 네 개의 그림을 보고 '재활용은 무엇이다'로 설명할 내용을 떠올려 씁니다.
2. 빈칸 뒤 설명하는 내용에서 '그림', '차이', '책', '활동' 등에서 낱말을 예측하여 찾습니다.
3. 특정한 종류의 물건을 파는 시장의 예로 가구 시장, 약재 시장을 들 수 있습니다.

1주 14~15쪽 독해력 활짝

1. ① 2. ㉤ 3. (1) ㉠, ㉢, ㉤ (2) ㉡, ㉣, ㉥ 4. ②

1. ㉠은 광합성의 뜻을 분명하게 정하여 밝히는 '정의'의 방법을 사용하였습니다.
2. 예시는 구체적인 본보기를 들어 설명합니다. '예를 들면'과 같은 표현에서 확인할 수 있습니다.
3. ㉠, ㉢, ㉤은 교통 시설, 편의 시설, 문화 시설을 '정의'의 방법으로 설명하였고, 이 시설들의 예로 ㉡, ㉣, ㉥을 '예시'의 방법으로 설명하였습니다.
4. ㉠에 쓰인 설명 방법은 '정의'입니다. ①, ③, ④와 ⑤는 설명하려는 대상에 대한 구체적인 예를 들어 설명하는 '예시'의 방법으로 설명한 것입니다.

1주 16~17쪽 독해력 쑥쑥

1. 문화재 2. ㉯ 3. 예시 4. ①

1. 조상들이 남긴 문화유산 중 보호해야 할 가치가 있는 유형 문화재, 무형 문화재, 기념물, 민속자료들을 문화재라고 합니다.
2. ㉮, ㉰는 유형 문화재입니다. ㉯의 탈춤은 일정한 형태가 없는 무형 문화재입니다.
3. 제시된 내용은 명절에 먹는 음식을 예로 들어 설명하고 있습니다.
4. ㉠에 쓰인 설명 방법은 '정의'이고, ㉡~㉤에 쓰인 설명 방법은 '예시'입니다.

1주 18~19쪽 개념 톡톡

★ 구름 1. (1) ② (2) ③ (3) ① 2. ㉯

★ '하늘을 뒤덮기도 하고 연기처럼 사라진다.'는 글과 솜사탕, 조각배, 해와 달 그림에서 설명하는 대상인 구름의 특징을 파악할 수 있습니다.
1. 빗대어 표현한 대상과 비슷한 점을 찾습니다. (1) 뇌가 겪은 일을 기억력 창고에 저장하는 것을 일기 쓰는 일에 빗대어 표현하였습니다. (2) 사소한 교통 규칙을 어겨 큰 사고로 이어지는 일을 작은 구멍으로 거대한 댐이 무너지는 일에 빗대어 표현하였습니다. (3) 세상 모든 것이 번성했다가 쇠하는 일을 달에 빗대어 표현하였습니다.
2. 인용은 글의 신뢰성을 높이기 위해 다른 사람의 말이나 글, 속담 등을 빌려 쓰는 것입니다. 주어진 문장처럼 작은 일부터 시작해야 한다는 뜻을 가진 말은 ㉯입니다.

1주 20~21쪽 독해력 활짝

1. 인용 2. ⑤ 3. ⑤ 4. ③

1. 글쓴이는 말이 사람들에게 큰 영향을 끼친다는 것을 설명하려고 『명심보감』에 있는 글을 인용하였습니다.
2. 이 글에서는 지층을 '샌드위치'에 빗대어 설명하고 있습니다.
3. ㉠~㉤ 중 ㉤에서 옛날부터 전해 오는 말을 빌려 쓰는 '인용'의 방법을 사용하였습니다.
4. ㉠은 태양의 뜨거운 정도를 유추의 방법으로 설명하였습니다. ①은 정의, ②는 대조, ④는 분석, ⑤는 인용의 방법을 설명한 내용입니다.

1주 22~23쪽 독해력 쑥쑥

1. ③ 2. ④ 3. ㉮ 4. 유추

1. 이 글은 조선 시대 '석빙고'의 원리와 구조에 대해 설명한 글입니다.
2. 석빙고의 천장에는 공기가 통할 수 있도록 환기구를 만들었습니다.
3. ㉠은 글의 신뢰성을 높이기 위해 『경국대전』의 글을 인용하였습니다.
4. 어떤 대상을 다른 비슷한 현상이나 사물에 빗대어 설명하는 방법은 '유추'입니다

1주 24~25쪽 개념 톡톡

★ (1) ②, ④ (2) ①, ③, ⑥ (3) ⑤ 1. (1) 처 (2) 가 (3) 끝
2. (1) ㉣ (2) ㉢, ㉤

★ 설명문의 처음 부분에서는 ②, ④처럼 무엇을 설명할 지 밝힙니다. 가운데 부분에는 ①, ③, ⑥처럼 자세하게 설명합니다. 끝부분에서는 ⑤처럼 설명한 내용을 간단히 정리합니다.
1. (1)은 무엇을 설명할지 나타난 처음 부분이며, (2)는 설명하는 내용이 나타난 가운데 부분, (3)은 앞서 설명한 내용을 정리하는 마지막 부분입니다.

1주 26~27쪽 독해력 활짝

1. 처음 (부분) 2. ④ 3. (2) ○

1. '이렇게 놀라운 ~함께 알아보아요.'에서 이 글이 처음 부분임을 알 수 있습니다.
2. 이 글은 남부, 중부, 북부 등 지역에 따라 다른 한옥의 모양을 자세하게 설명하고 있으므로, 설명문의 '가운데' 부분임을 알 수 있습니다.
3. 설명문의 끝부분처럼 앞에서 설명한 내용을 간단하게 정리한 것은 (2)입니다. (1)은 끝부분에 들어갈 내용으로 알맞지 않은 내용이며, (3)은 처음 부분에 들어갈 내용입니다.

1주 28~29쪽 독해력 쑥쑥

1. ② 2. ③ 3. (1) (가) (2) (나), (다), (라), (마) (3) (바)
4. 거품벌레 애벌레

1. 이 글은 꿀벌, 개미, 거위벌레 등을 예로 들어, 다양한 곤충의 집에 대해 설명한 글입니다.
2. (라)에서 거위벌레는 거위 털이 아니라, 나뭇잎으로 집을 만든다고 했습니다.
3. 설명하려는 대상을 밝힌 (가)는 처음 부분입니다. 꿀벌, 개미, 거위벌레 등 곤충의 집에 대해 설명한 (나)~(마)는 가운데 부분입니다. (나)~(마)에서 설명한 내용을 정리한 (바)는 끝부분입니다.
4. (마)에서 '거품벌레 애벌레'가 꽁무니에서 하얀 거품을 부글부글 내뿜어 집으로 삼는다고 했습니다. 주어진 그림은 거품이 나무에 붙어 있는 모습이므로, 거품 벌레 애벌레의 집으로 알맞습니다.

1주 30~31쪽 개념 톡톡

★ (1), (2), (3), (5) 1. 사실 2. (1) ○ (2) ○ (3) ×
3. (1) ㉮, ㉱ (2) ㉯, ㉰

★ 첨성대는 신라 시대에 만들어졌고, 삼국을 통일한 것은 조선의 세종 대왕이 아니라 신라의 문무왕입니다.
2. (1) 전기문에는 인물에 대해 상상한 내용이 아니라, 실제 있었던 일이 담겨 있습니다.
3. (1) ㉮, ㉱는 인물이 직접 한 일입니다. (2) ㉯, ㉰는 인물의 생각이나 말에서 삶의 태도인 가치관을 알 수 있는 부분입니다.

1주 32~33쪽 독해력 활짝

1. ② 2. (1) ○ 3. (3) ○ 4. ④

1. 이 글은 전기문으로, 베토벤의 삶을 사실에 근거해서 썼습니다. 주어진 글은 베토벤의 어린 시절에 대한 기록을 바탕으로 쓴 글입니다.
2. (2)는 글에 나타나지 않은 내용입니다. (3) 거란군은 고려군이 소가죽 둑을 터뜨려서 떠내려갔습니다.
3. (1) 라이트 형제가 만든 세계 최초의 동력 비행기는 '플라이어 1호'입니다. (2) 라이트 형제 이전에도 글라이더를 이용해서 하늘을 난 사람이 있습니다.
4. 페스탈로치의 말에서 아이들을 사랑으로 교육해야 한다는 가치관을 알 수 있습니다.

1주 34~35쪽 독해력 쑥쑥

1. (2) ○ 2. ③ 3. ①, ③ 4. 존중

1. 이 글은 방정환에 대한 역사적 사실을 바탕으로 쓴 전기문으로, 꾸며 쓰거나 본받자고 주장하는 글이 아닙니다.
2. 방정환이 만든 우리나라 최초의 잡지는 『어린이』이고, '색동회'는 어린이를 위한 단체입니다.
3. 방정환이 살았던 시대에 우리나라는 일본의 지배를 받고 있었습니다. 또 어른들은 어린아이들을 낮추어 부르며 하찮게 여겼습니다. 어린이를 위한 동화책을 내고 전국에서 어린이를 존중하자는 운동을 벌인 인물은 방정환입니다.
4. 방정환의 가치관은 '어린이를 존중하자.'는 것입니다.

1주 36~37쪽 개념 톡톡

★ (1) 인어 공주 (2) 정글 북 (3) 벌거벗은 임금님
1. (1) ② (2) ③ (3) ① 2. (3) ○ 3. (다)

★ 주인공 이름과 물거품으로 변하는 장면, 임금님이 행진하는 장면, 책 제목이 직접 드러난 부분에서 책 제목을 알 수 있습니다.
1. (1)은 책의 줄거리에 해당하므로, 책 내용입니다. (2) '다행이라고 생각했다.'에서 느낀 점이 드러나 있습니다. (3) 책을 읽게 된 까닭이 드러나 있습니다.
2. 글쓴이는 늑대 무리에서 자란 모글리의 이야기를 읽었습니다. 따라서 제목으로 알맞은 것은 (3)입니다.
3. 책을 읽고 느낀 점은 (다)에 드러나 있습니다.

1주 38~39쪽 독해력 활짝

1. ③ 2. (2) ○ 3. ②

1. 글쓴이가 『톰 소여의 모험』을 읽게 된 까닭을 쓴 부분은 ㉢입니다. ㉠은 독서 감상문의 제목이며, ㉡은 책 제목이 드러난 부분입니다. ㉣, ㉤은 책 내용을 설명한 부분입니다.
2. 이 글은 『피터 팬』 책을 읽고 나서, 피터 팬에게 보내는 편지 형식으로 쓴 독서 감상문입니다.
3. (가)는 독서 감상문의 제목입니다.

1주 40~41쪽 독해력 쑥쑥

1. ⑤ 2. ② 3. (1) ㉠ (2) ㉡, ㉣ (3) ㉢, ㉤ 4. ⑤

1. 독서 감상문을 쓰면 읽은 책의 내용과 느낌을 다시 되살려 보고, 오래도록 간직할 수 있습니다.
2. 책이 두꺼워서 읽기를 망설인 것은 글쓴이입니다.
3. 글쓴이가 책을 읽게 된 동기는 ㉠에 나타나 있습니다. ㉡, ㉣은 책 내용을 설명한 부분이며, 이에 대해 느낀 점은 ㉢, ㉤입니다.
4. 『빨간 머리 앤』의 독서 감상문이므로, ⑤의 내용은 제목으로 어울리지 않습니다.

2주 46~47쪽 개념 톡톡

★ 즐겁다 → 뿌듯하다 → 속상하다 → 부끄럽다 → 못마땅하다 → 조마조마하다 1. (1) ㉥ (2) ㉣ (3) ㉯ (4) ㉰ 2. (1) ○ (2) ○ (3) ×

★ '즐겁다, 뿌듯하다, 속상하다' 등 사람의 마음이나 기분을 나타내는 말을 골라 길을 찾습니다.
1. (1) 친구가 철봉에서 턱걸이하는 모습을 보고 응원하는 상황과 '힘내'라는 표현에서 '응원하는 마음'을 짐작할 수 있습니다. (2) 여자아이가 선생님을 보고 싶어 하는 상황이므로, '그리운 마음'이 알맞습니다. (3) 친구가 무거운 물건을 들어 주는 그림과 '고마워'라는 표현에서 '고마운 마음'을 알 수 있습니다. (4) 공에 맞은 친구를 걱정하는 모습과 '미안해'와 같은 표현에서 '미안한 마음'을 읽을 수 있습니다.
2. (3) 몹시 갖고 싶어 하던 변신 로봇을 선물로 사 주신 상황에서는 기쁜 마음이 들 것입니다.

2주 48~49쪽 독해력 활짝

1. ① 2. ㉡ 3. (1) 하윤, 지민 (2) 전학 (3) 고마운

1. 정약용은 아들이 몸이 튼튼해지고 마음의 힘도 생겼다는 소식에 기뻐하는 마음을 전하고 있습니다.
2. ㉡은 있었던 일을 표현한 부분입니다.
3. 이 글은 하윤이가 지민이에게 쓴 편지입니다. 하윤이는 처음 전학 왔을 때의 일을 떠올려 지민이에게 고마운 마음을 전하고 있습니다.

2주 50~51쪽 독해력 쑥쑥

1. 은채, 할아버지 2. ⑤ 3. ⑤ 4. (1) ② (2) ③ (3) ①

1. 받는 사람은 맨 처음에, 보내는 사람은 가장 마지막에 있습니다.
2. 은채는 할아버지 생신날까지 할아버지가 그렇게 노래를 잘 하시는지 몰랐습니다.
3. '그래서 공연을 ~응원하고 싶었어요.'에 은채가 전하려는 마음이 나타나 있습니다.
4. '안타까웠어요.'에서는 안타까운 마음을, '눈앞에 그려져요.'에서는 기대하는 마음을 파악할 수 있습니다. 또, '요즘 날씨가 ~조심하세요.'에서는 걱정하는 마음을 파악할 수 있습니다.

2주 52~53쪽 개념 톡톡

★ (1) 여름, 밤, 아침, 점심때, 1970년 (2) 바닷가, 집 안, 학교, 동굴, 시골, 숲속 1. (1) ②, ㉮ (2) ①, ㉯
2. (1) 밤, 숲속 (2) 아침, 집 안 (3) 점심때, 학교
(4) 여름, 바닷가

★ '언제'는 시간적 배경에, '어디'에 해당하는 것은 공간적 배경에 씁니다.
2. (1) 달이 뜬 하늘과 나무의 모습에서 밤의 숲속 풍경임을 알 수 있습니다. (2) 잠든 아이와 엄마의 말에서 아침의 집 안 풍경임을 알 수 있습니다. (3) 12시를 가리키는 시계와 급식을 먹는 아이들의 모습에서 점심때 학교 풍경임을 알 수 있습니다. (4) 아이들이 물놀이하는 모습에서 여름의 바닷가 풍경임을 알 수 있습니다.

2주 54~55쪽 독해력 활짝

1. ①, ⑤ 2. ㉢ 3. 거리, 궁전 앞 4. ④

1. 일이 일어난 때를 가리키는 말은 '옛날'과 '가을'입니다. ㉡은 일이 일어난 장소입니다.
2. '어느 날'은 시간적 배경입니다. ㉠, ㉡, ㉣, ㉤은 일이 일어난 장소인 공간적 배경입니다.
3. 톰은 구걸을 하러 거리로 나왔다가 작은 숲을 지나 궁전 앞으로 갔습니다.
4. 이야기에서 일이 일어난 순서는 ⑤ → ③ → ② → ① → ④입니다.

2주 56~57쪽 독해력 쑥쑥

1. ③, ④ 2. ㉢ 3. ④ 4. ㉯, ㉰, ㉮

1. ①은 글에서 알 수 없는 내용입니다. ② 앤틸로프호는 인도로 항해를 떠났습니다. ⑤ 걸리버가 탄 배는 여섯 달 동안 항해했습니다.
2. '영국'은 공간적 배경입니다.
3. 걸리버가 가느다란 밧줄에 묶인 곳은 소인국입니다.
4. 걸리버에게 일어난 일은 '㉱ 선장에게 항해를 제안 받은 일 → ㉯ 거센 폭풍을 만나 바다에 빠진 일 → ㉰ 파도에 휩쓸렸다가 헤엄쳐 육지에 닿은 일 → ㉮ 소인국에서 밧줄에 묶인 일'입니다.

2주 58~59쪽 개념 톡톡

★ (1) 의견: 우리 ~주의합시다, 까닭: 그렇게 ~것입니다. (2) 의견: 우리 ~인사해요, 까닭: 인사는 ~첫걸음이니까요. (3) 의견: 우리 ~놀자, 까닭: 함께 ~거야. 1. (1) 3 (2) 2 (3) 1 2. (1) ③ (2) ④ (3) ① (4) ②

★ 세 쪽지에서 글쓴이의 의견이 나타난 '~합시다, ~하자, ~해야 한다.' 등의 표현을 찾아 빨간색 밑줄로 표시합니다. 그리고 이를 뒷받침하는 까닭을 찾아 파란색 밑줄로 표시합니다.
1. 첫 번째 노란색 쪽지는 '문제 상황-의견-까닭'으로 구성되어 있습니다.
2. 의견을 잘 살펴보고, 각각의 의견을 뒷받침할 수 있는 내용을 선으로 연결합니다.

2주 60~61쪽 독해력 활짝

1. ③ 2. ㉣, ㉤ 3. ③

1. 이 글에서 글쓴이는 다시 보지 않는 책을 도서관에 기부하자고 제안했습니다.
2. ㉠, ㉡은 체험형 동물원에 대한 설명이고, ㉢은 글쓴이의 의견입니다.
3. 건우가 말한 문제 상황은 '너희도 알겠지만, ~큰 싸움이 났지.'에 나타나 있습니다.

2주 62~63쪽 독해력 쑥쑥

1. 과대 포장 2. ㈏, ㈐ 3. ② 4. (2) ○

2. 글쓴이는 ㈏에서 과대 포장 때문에 발생하는 쓰레기가 일으키는 환경 오염 문제를, ㈐에서 과대 포장에 대한 소비자의 불만을 문제 상황으로 제시하고 있습니다.
3. 투명하게 포장해야 한다는 내용은 글에 나타나지 않습니다.
4. 글쓴이가 제안한 의견은 ㈏, ㈐의 문제 상황을 해결할 수 있는 의견입니다. 뒷받침하는 까닭도 의견과 관련있으며 환경과 소비자를 위한 내용으로 의견을 뒷받침하기에 알맞습니다.

2주 64~65쪽 개념 톡톡

★ 온순하다 → 씩씩하다 → 친절하다 → 인색하다 → 용감하다 → 거들먹거리다 1. (1) ㉮ (2) ㉱ (3) ㉯ (4) ㉰ 2. 지혜로운

★ 성격이란 '온순하다', '씩씩하다'처럼 개인이 가지고 있는 품성입니다. 이처럼 성격을 나타내는 낱말을 따라 색칠합니다.
1. 그림 속 상황과 하고 있는 일을 살펴보고 행동에서 알 수 있는 성격을 고릅니다.
2. 호랑이를 피하기만 하는 마을 사람들에 비해 함정을 파서 호랑이를 잡자는 아이는 '지혜로운' 성격임을 알 수 있습니다.

2주 66~67쪽 독해력 활짝

1. 예 당당한 2. ④ 3. ㉤ 4. (3) ○

1. 가시나무는 전나무의 말에 자신의 가시가 더 좋다며 당당하게 대꾸했습니다. 가시나무의 말과 태도에서 당당한 성격을 짐작할 수 있습니다.
2. 자린고비의 말과 이웃 마을로 파리를 쫓아간 데서 인색한 성격을 알 수 있습니다.
3. 아무도 나서지 않는 상황에서 공주를 구해 오겠다고 말한 데서 용감한 젊은이의 성격이 드러나 있습니다.
4. 양철 나무꾼이 작은 벌레도 해치지 않으려고 하고 딱정벌레를 불쌍히 여겨 계속 눈물을 흘리는 모습에서 따뜻한 마음을 가지고 있다는 것을 알 수 있습니다.

2주 68~69쪽 독해력 쑥쑥

1. ⑤ 2. 상, 엿 3. ④ 4. (2) ○ (3) ○

1. 아이들은 훈장님이 하자고 하신 내기에 이기려고 거짓말을 했습니다. ①, ②는 아이들이 한 거짓말입니다.
3. ㉠은 훈장님을 방에서 밖으로 내보내려는 막둥이의 꾀가 담긴 말입니다.
4. 재미난 내기를 하자고 하신 훈장님은 장난스러운 성격이고, 꾀를 내어 훈장님을 방에서 밖으로 나가게 한 막둥이는 재치 있는 성격입니다.

2주 70~71쪽 개념 톡톡

★ 손이나 채로 두드려서, 작은북, 탬버린 1. ㈎ 현악기는 줄을 ~현악기에 해당한다. ㈏ 관악기는 관에 ~ 관악기에 해당한다. 2. 현악기, 관악기

★ 각 문단의 중심 내용과 중심 낱말을 살펴보고 타악기가 무엇인지 설명하는 말과 타악기의 예를 빈칸에 간추려서 씁니다.
1. ㈎, ㈏의 중심 문장은 문단의 첫머리에 있습니다.
2. ㈎, ㈏의 중심 내용을 이어 한 문장으로 간추려서 씁니다. 빈칸에는 설명하는 내용에 알맞은 악기를 떠올려 씁니다.

2주 72~73쪽 독해력 활짝

1. ① 2. (3) ○ 3. ⑤

1. 중심 문장은 문단의 처음 부분에 들어 있습니다. ㉡~㉤은 이끼가 그늘지고 물기가 많은 곳에서 자라는 이유를 설명하는 내용입니다.
2. 사려는 물건에 대한 정보를 얻는 네 가지 방법을 모두 넣어 정리한 친구는 (3)입니다. (1), (2)에는 중요한 내용의 일부만 담겨 있습니다.
3. 빈칸 앞부분의 내용은 첫 번째, 두 번째 문단의 중심 내용입니다. 따라서, 빈칸에 들어갈 문장은 세 번째 문단의 중심 내용이 알맞습니다.

2주 74~75쪽 독해력 쑥쑥

1. ③ 2. ④ 3. 바다 동물 4. (1) 예 몸 빛깔을 주변색과 똑같이 바꾼다. (2) 예 떼를 지어 다니는 것이다.

1. 이 글에서 가자미는 적이 다가오면 바닥에 엎드려서 모래와 같은 색으로 몸 빛깔을 바꾼다고 했습니다.
2. ㈏~㈑의 중심 문장은 가시복과 전기가오리, 문어와 가자미, 멸치처럼 작고 약한 바다 동물이 적으로부터 몸을 지키는 방법을 설명한 각 문단의 첫 문장입니다.
3. 문어, 가시복, 멸치, 가오리 등은 바다 동물에 포함되는 말입니다.
4. 빈칸 앞에는 ㈏의 중심 내용이 들어 있습니다. 따라서, 빈칸에는 ㈐, ㈑의 중심 내용을 간추려서 씁니다.

3주 78~79쪽 개념 톡톡

★ (1) ① (2) ① (3) ① (4) ② 1. ③ 2. ㉮ 3. (1) 바람 (2) 봄 햇살 4. (1) ○

★ (1) 까치집은 미루나무 꼭대기에 있습니다. (2) 아빠 까치는 서까래 즉, 나뭇가지를 구하러 갔습니다. 서까래는 집의 들보에 얹는 나무입니다. (3) 아빠 까치와 엄마 까치가 집을 비운 사이 바람과 봄 햇살이 다녀갔습니다. (4) 엄마 까치는 솜털 담요처럼 부드러운 재료를 구하러 갔습니다.

1. 이 시는 글쓴이가 까치집을 보고 지은 시입니다.
2. 이 시를 읽으면 미루나무 꼭대기에 반쯤 지어진 까치집의 풍경이 떠오릅니다.
4. (1) 글쓴이는 무너진 까치집이 아니라 반쯤 지어진 까치집을 보고 아빠 까치와 엄마 까치가 집을 지을 재료를 구하러 갔다고 상상하고 있습니다.

3주 80~81쪽 독해력 활짝

1. ④ 2. 풀숲, 꿈길 3. (2) ○

1. '꽉 문 빨래 놓치지 않는다.'는 표현에서 짐작할 수 있는 물건은 '빨래집게'입니다.
2. 글쓴이는 포근하고 잠이 오는 어머니의 무릎을 풀숲과 꿈길에 빗대어 표현했습니다.
3. '포근한 털이불'은 실제 털이불이 아니라 털이 북슬북슬한 삽살개를 빗대어 표현한 말입니다.

3주 82~83쪽 독해력 쑥쑥

1. ② 2. 바람, (어린) 민들레꽃 3. ㉰ 4. (2) ○

1. '구석진'은 어린 민들레꽃이 피어 있는 응달을 설명한 말입니다. ①, ③, ④, ⑤는 사람이나 사물의 소리나 모양을 흉내 내는 말입니다.
2. ㉠은 바람이 민들레에게 한 말입니다.
3. 민들레 홀씨와 신문지가 함께 날아다니는 내용은 시에 나오지 않습니다.
4. 글쓴이는 신문지에 덮인 민들레꽃을 보고 바람이 신문지를 날려서 추위에 떠는 어린 민들레꽃을 덮어 주었다고 생각했습니다.

3주 84~85쪽 개념 톡톡

★ (1) ② (2) ③ (3) ① 1. (1) ㉮ (2) ㉰ 2. (3) ○

★ 각 이야기가 드러내는 주제를 찾습니다. (1)은 자만해서는 안 된다는 교훈, (2)는 겉모습으로 판단해서는 안 된다는 교훈, (3)은 거짓말을 하면 안 된다는 교훈을 주는 이야기들입니다.

1. 장면 속에서 인물이 처한 상황을 파악하고 주제를 드러내는 말을 고릅니다.
2. 주인의 말을 듣지 않고 고집을 부리다 절벽에서 떨어진 당나귀의 이야기에서 '고집'과 관련한 주제를 파악할 수 있습니다.

3주 86~87쪽 독해력 활짝

1. ④ 2. (3) ○ 3. (2) ○ 4. (3) ○

1. 이 이야기의 주제는 마지막 문장에 직접 드러나 있습니다.
2. 두 나그네의 행동과 플라타너스의 말에서 알 수 있는 주제는 (3)입니다.
3. 생쥐는 개구리를 괴롭히다가 그 일 때문에 매에게 잡히고 맙니다. 이 이야기에서 (2)와 같은 주제를 알 수 있습니다.
4. 이 글의 제목과 욕심을 부리며 사냥감을 바꾸었다가 한 마리도 잡지 못한 사자의 이야기에서 (3)의 주제를 짐작할 수 있습니다.

3주 88~89쪽 독해력 쑥쑥

1. ④ 2. ㉢, ㉤ 3. ③ 4. (3) ○

1. 이 이야기에서 아키바의 전 재산인 당나귀와 개를 물어 간 것은 사나운 짐승들입니다.
2. ㉠, ㉡, ㉣은 시간적 배경을 나타내는 말입니다.
3. 나쁜 일이 거듭해서 일어나는 상황을 표현하는 말은 '엎친 데 덮친 격'입니다.
4. 아키바는 램프의 불이 꺼지고, 당나귀와 개를 잃는 나쁜 일을 겪습니다. 그러나 그 덕분에 도둑 떼의 눈에 띄지 않아 목숨을 구했습니다. 이 이야기에 알맞은 주제는 (3)입니다.

3주 90~91쪽 개념 톡톡

★ (1) ③ (2) ④ (3) ① (4) ② 1. (1) ② (2) ① 2. (1) ○

★ '옛날에, 며칠 뒤, 여우의 집에 갔더니, 두루미의 집에 갔더니'와 같은 낱말에 주의하며 이야기의 차례를 파악합니다.
1. 여우의 집에서는 두루미가 음식을 먹지 못했고, 두루미의 집에서는 여우가 음식을 먹지 못했습니다.
2. 여우가 배려심이 많았다면 두루미에게 맞는 길쭉한 병에 음식을 대접했을 것입니다.

3주 92~93쪽 독해력 활짝

1. (1) 1 (2) 3 (3) 2 2. ①, ② 3. (1) 밤 (2) 마당
4. (2) ○

1. 이 이야기에서 사건이 일어난 차례는 '나무꾼 아버지와 아들이 당나귀를 산 일 → 당나귀 방울에서 다이아몬드가 떨어진 일 → 아버지가 다이아몬드를 당나귀 장수에게 돌려주라고 한 일'의 순입니다.
2. 길가에 사는 개구리는 게으르고 귀찮은 일을 싫어해서 계속 길가에 살다가 마차에 치여 목숨을 잃고 말았습니다.
4. 꾀 많은 소금 장수가 도깨비에게 부탁한 까닭을 떠올려 이어질 내용을 상상한 것은 (2)입니다.

3주 94~95쪽 독해력 쑥쑥

1. ①, ④, ⑤ 2. ④ 3. (1) 3 (2) 2 (3) 4 (4) 5 (5) 1
4. (1) ○

1. 남자가 처음 한 말에서 불행하다고 여기는 까닭을 알 수 있습니다.
2. 동물들을 집 밖으로 내보낸 남자는 랍비에게 집이 넓고 조용하게 느껴져서 행복하다고 말했습니다.
3. 이 이야기에서 사건이 일어난 차례는 '남자가 랍비를 찾아가 불행에서 벗어나는 방법을 물은 일 → 랍비가 양과 닭들을 집 안으로 들이라고 한 일 → 남자가 양과 닭들을 집 안으로 들였다가 내보낸 일 → 남자가 집이 넓고 조용해서 행복을 느낀 일'의 순입니다.
4. 남자의 마음가짐을 바꾼 랍비의 이야기에서 (1)의 주제를 알 수 있습니다.

3주 96~97쪽 개념 톡톡

★ 수민, 민준 1. (1) 급식 (2) 먹을 만큼 2. (1) ㉮, ㉰
(2) ㉯ 3. (3) ○ (4) ○

★ 음식물 쓰레기 문제와 관련한 의견을 제시한 친구는 수민과 민준입니다.
2. 수민과 민준의 뒷받침 내용은 각각 의견의 다음 부분에 나타나 있습니다.
3. 수민의 뒷받침 내용은 의견과 관련 있고 ○○뉴스로 출처가 정확합니다. 반면 민준의 뒷받침 내용은 개인적인 생각으로 적절하지 못합니다.

3주 98~99쪽 독해력 활짝

1. (2) ○ 2. ④ 3. (2) ○ 4. ②

1. 바람직한 운동 방법이라는 주제와 공원에 운동 기구를 설치하자는 의견은 상관이 없습니다.
2. ㉣은 간척 사업을 했을 때 얻을 수 있는 이익입니다.
3. 개인이 한 번 경험한 일은 믿을 만하지 않아 뒷받침 내용으로 적절하지 못합니다.
4. ②는 촌락의 소득을 높일 수 있으나 자연환경을 파괴할 수 있는 의견입니다.

3주 100~101쪽 독해력 쑥쑥

1. ④ 2. ㉡, ㉢, ㉣ 3. ② 4. (2) ○

1. 글쓴이가 주장하는 의견은 (마)에 드러나 있습니다. 글쓴이는 지구의 식량 부족 문제를 해결하기 위해 곤충을 식량으로 이용하자고 주장하였습니다.
2. 글쓴이가 의견을 뒷받침하려고 제시한 내용은 (나)~(라)에 들어 있습니다. 글쓴이는 곤충의 영양가가 풍부하고, 가축보다 경제적으로 기를 수 있으며, 곤충 음식이 징그럽다는 사람에게는 곤충 음식임을 알리지 않으면 된다는 점을 들어 의견을 뒷받침하고 있습니다.
3. 글쓴이는 (다)에서 곤충을 좁은 장소에서 가축보다 적은 사료와 일손으로 기를 수 있다고 했습니다.
4. (다)는 가축보다 곤충을 기르는 것이 경제적이라는 내용에 대해 설명하고 있어 의견과 관련이 있습니다.

3주 102~103쪽 개념 톡톡

★ (1) ㉯ (2) ㉰ (3) ㉱ 1. (1) 1918년 (2) 남아프리카 공화국 2. ② 3. (1) ○ (3) ○

★ (1) 거위를 살리려는 윤회의 말, (2) 조카의 초대를 거절하는 스크루지의 말, (3) 인종 차별을 반대하는 넬슨 만델라의 말에서 각각 ㉯, ㉰, ㉱의 가치관을 알 수 있습니다.
1. 넬슨 만델라가 태어난 때와 곳은 글의 첫 부분에 나타나 있습니다.
2. 글에서는 유럽에서 건너온 백인들이 흑인을 차별했다고 했습니다.
3. 인종 차별에 반대한 넬슨 만델라와 비슷한 가치관을 지닌 인물은 (1) 링컨과 (3) 만적입니다.

3주 104~105쪽 독해력 활짝

1. ③ 2. (1) ○ 3. (3) ○ 4. ⑤

1. 이야기 속 할아버지는 자신이 먹을 수 없는데도 후손을 위해 사과나무를 심었습니다. 이와 같은 행동에서 ③의 가치관을 짐작할 수 있습니다.
2. 슈바이처가 아프리카에서 병든 사람들을 치료하는 데 일생을 바친 일을 통해 짐작할 수 있는 가치관은 (1)입니다.
3. 진채선은 여자는 판소리를 할 수 없다는 편견에 맞서 꿋꿋이 판소리를 해서 명창으로 인정받았습니다.
4. 구두 수선공은 걱정 없이 사는 삶이 중요하다고 여겨 선물받은 큰돈을 다시 은행가에게 돌려주었습니다.

3주 106~107쪽 독해력 쑥쑥

1. ④ 2. ㉯ 3. 진대법 4. (1) ○

1. 당시 귀족은 백성에게 높은 이자를 받고 곡식을 빌려주었습니다.
2~3. 을파소는 고국천왕에게 나라에서 직접 가난한 백성에게 봄부터 여름까지 곡식을 빌려주자고 하였습니다. 이렇게 '진대법'이 만들어졌습니다.
4. 을파소가 제안하여 가난한 백성에게 곡식을 빌려주는 제도가 만들어진 것에서 (1)과 같은 가치관을 짐작할 수 있습니다.

4주 112~113쪽 개념 톡톡

★ (1) ○ (2) ○ (5) ○ (6) ○ 1. ㉮, ㉱ 2. (1) 산 위, 아이들, 장난감, 참새

★ 시의 내용에 알맞은 장면을 떠올려 느낌을 표현한 친구는 (1), (2), (5), (6)입니다. (3) 교문을 날아서 나온다고 한 것은 참새가 아니라 아이들입니다. (4) 글쓴이는 산 위에서 보면 학교가 멀리 보여 큰 교문이 장난감처럼 보인다고 표현한 것입니다.
1. 말하는 이는 산에서 보니 학교가 나뭇가지에 달린 것처럼 보이고 교문으로 아이들이 참새처럼 '날아 나온다'고 표현했습니다.
2. 아이들과 교문을 빗대어 표현한 말을 떠올려 보며 시의 내용에 맞게 빈칸에 알맞은 말을 씁니다.

4주 114~115쪽 독해력 활짝

1. ③ 2. ㉯ 3. ②, ④

1. 이 시에서는 나란히 빛나는 형제별을 그리고 있어 많은 별이 빛나는 밤하늘을 상상하기 어렵습니다.
2. 말하는 이는 코끼리를 그리다가 코가 길어서 도화지 밖으로 달아나 버렸다고 했습니다. 이와 어울리는 그림은 ㉯입니다.
3. ①, ⑤는 시의 내용과 상관없는 내용입니다. ③ 소금쟁이가 맴을 도는 모습은 빙글빙글 도는 모양이 어울립니다.

4주 116~117쪽 독해력 쑥쑥

1. ④ 2. (2) ○ 3. 수현 4. (1) 아버지 (2) 자냐

1. 시에서 밤을 새웠다는 내용은 나오지 않습니다.
2. 내가 잠들어야 아버지도 잠드실 수 있으므로, 나는 아버지의 질문에 속으로 대답했습니다.
3. 아버지보다 먼저 잠드는 것이 미안해서 잠들지 못하는 아들과 이불 밖으로 나온 아들의 발을 덮어 주는 아버지의 모습에서 서로를 사랑하는 마음을 알 수 있습니다.
4. (1) 나의 발을 덮어 준 사람은 아버지입니다. (2) 시에서 아버지가 쉰 듯한 목소리로 한 말을 씁니다.

4주 118~119쪽 개념 톡톡

★ (1) ㉰ (2) ㉯ (3) ㉮ (4) ㉱ 1. (1) ② (2) ③ (3) ①
2. (1) ○

★ ㉮~㉱의 내용을 살펴보고 인물의 말과 행동을 설명한 내용에 알맞은 그림의 기호를 씁니다.
1. (1) 훈장님은 혼자 꿀을 먹고 싶어서 아이에게 꿀을 배 아픈 약이라고 말했습니다. (2) 아이들은 훈장님께 혼나지 않으려고 벼루를 깼습니다. (3) 아이들은 훈장님이 꿀을 아이가 먹으면 배 아픈 약이라고 해서 배를 잡고 굴렀습니다.
2. (1) 아이들은 먹고 싶어 하던 꿀을 먹었기 때문에 벌을 받았다고 볼 수 없습니다.

4주 120~121쪽 독해력 활짝

1. ⑤ 2. (2) ○ 3. (1) 예 눈이 보이지 않는 남자가 등불을 들고 다니는 까닭을 말하는 장면이다. (2) 예 자신보다 다른 사람을 배려하는 마음을 본받아야겠다.

1. 깊은 우물에서 살자는 한 개구리의 말에 다른 개구리가 다른 곳을 찾아보자고 했습니다.
2. 멸치가 한 말이나 행동은 두 친구의 싸움을 말리려고 한 일이므로, 어리석다고 말할 수 없습니다.
3. 〈서술형〉 ❶ 이야기의 마지막 장면처럼 가장 마음에 오래 남는 장면을 하나 고릅니다. ⇨ ❷ 그 장면에 대한 자신의 생각이나 느낌을 떠올려 씁니다.

4주 122~123쪽 독해력 쑥쑥

1. ③ 2. 서우 3. (1) 1 (2) 5 (3) 2 (4) 3 (5) 4 4. (3) ○

2. 부자의 초대를 받은 원님은 부자에 대한 소문이 사실인지 확인해 보려고 했습니다.
3. 부자가 환갑잔치를 벌인 일부터 원님에게 잘못을 빌었을 때까지 있었던 일의 순서를 찾아 번호를 씁니다.
4. (3) 원님은 부자에 대한 소문을 확인하려고 농사꾼 차림으로 부자를 찾아갔습니다.

4주 124~125쪽 개념 톡톡

★ 돈, 어려운, 도왔다 1. 혜성 2. (1) × (2) ○ (3) ○

★ 그림은 장기려 선생이 병원비가 없어서 퇴원하지 못하는 환자를 뒷문으로 보내 주는 장면입니다. 이를 통해 장기려 선생이 돈보다 사람을 중요하게 생각하며 어려운 사람을 도왔다는 것을 알 수 있습니다.
1. 이 글에는 장기려 선생이 유능한 의사로 이름을 떨쳤지만 가난하고 아픈 사람을 돌보는 데 평생을 바친 이야기가 나타나 있습니다. 따라서 이 글에서 본받을 점을 알맞게 말한 친구는 혜성입니다. 기진이는 장기려 선생이 한 일을 잘못 이해하고 있습니다. 장기려 선생이 하루에 200명이나 되는 환자를 돌본 것은 병원과 의사가 부족했기 때문입니다.
2. (1) 부모님 몰래 놀러 나가는 누나를 돕는 일은 어려운 사람을 돕는 일이 아닙니다.

4주 126~127쪽 독해력 활짝

1. ⑤ 2. (1) ○ 3. (2) ○

1. 피카소가 고대 예술품을 보고 느꼈던 생각과 새로운 시도를 멈추지 않았다는 점에서 규칙에 얽매이지 않고 도전하는 가치관을 파악할 수 있습니다.
2. (1)의 내용은 글에서 파악할 수 없습니다.
3. (2) 호세 무히카의 말 '행복해지기 위해 이 세상에 왔다.'는 말은 어려운 사람을 돕고 더불어 행복하게 살아야 한다는 뜻입니다.

4주 128~129쪽 독해력 쑥쑥

1. ⑤ 2. ㉰ 3. ④ 4. (3) ○

1. 황희는 산새가 알을 깨고 나와 날아간 것을 알고 기쁜 표정을 지었다고 했습니다. 따라서, ⑤는 사실과 다른 내용입니다.
2. 깨진 산새 알을 보며 기뻐하는 황희의 모습에서 ㉠, ㉡과 같은 말을 한 까닭을 짐작할 수 있습니다.
3. 황희는 새끼가 알에서 깨어날 때까지 알에 손을 대는 일을 막으려고 했습니다. 이를 통해 황희가 생명을 소중하게 여겼다는 것을 짐작할 수 있습니다.
4. 산새 알을 지키려고 노력했던 황희와 반대로 동물을 위하는 행동을 하지 못한 친구는 (3)입니다.

4주 130~131쪽 개념 톡톡

★ 피노키오 1. (2) ○ 2. ④

★ 이 그림들은 『피노키오』에서 인상 깊은 대표 장면들을 나타낸 것입니다. 첫 번째 장면은 제페트 할아버지가 피노키오를 만드는 장면, 두 번째 장면은 피노키오의 코가 길어지는 장면입니다. 세 번째 장면은 피노키오가 바다로 뛰어드는 장면이고, 네 번째 장면은 피노키오가 장난감 나라에서 신나게 놀고 있는 장면입니다.

1. 장난감 나라에서는 누구도 공부하라는 말을 하지 않았다고 했습니다.
2. ㉠은 심지가 울먹이며 외친 말이므로, ④처럼 표현할 수 있습니다.

4주 132~133쪽 독해력 활짝

1. ③ 2. (2) ○ 3. ㉰

1. 토끼는 수레에 돌멩이를 싣고 왔습니다. 그리고 이 돌멩이를 앨리스에게 던졌고, 바닥에 떨어진 돌멩이가 케이크로 변했습니다.
2. 괴물에게 잡혀간 새끼 원숭이들이 손오공을 도와서 싸운 내용은 이야기에 나오지 않습니다.
3. ㉰는 이 이야기에서 나타나지 않은 내용을 표현한 것입니다.

4주 134~135쪽 독해력 쑥쑥

1. ④ 2. ㉯, ㉲, ㉮ 3. ①, ⑤ 4. (1) ○

1. 에이미는 조가 스케이트를 타다 기분이 좋아졌을 때 사과하면 사과를 받아 줄지도 모른다고 생각해서 조를 따라갔습니다.
2. 이야기에서 일이 일어난 차례는 '에이미가 조의 원고를 태운 일 → 조와 로리가 스케이트를 타러 간 일 → 에이미가 강물에 빠진 일 → 조와 로리가 에이미를 구해 집으로 데려간 일 → 조와 에이미가 화해한 일'입니다.
3. ㉠은 에이미가 조에게 사과하고 조는 그런 에이미를 용서하며 두 자매가 화해하는 부분입니다.
4. 조와 로리가 울타리 나무를 지렛대처럼 이용해 에이미를 건져 냈다고 했습니다. 따라서 (1)은 글의 내용을 제대로 파악하지 못하였습니다.

4주 136~137쪽 개념 톡톡

★ (1) 기대된다 (2) 부끄럽다 (3) 홀가분하다 (4) 걱정된다 1. (1) 창피하다, 민망하다 (2) 좋다, 기쁘다 (3) 생각나다, 보고 싶다 (4) 가뿐하다, 후련하다 (5) 염려스럽다 (6) 서럽다 2. (1) ③ (2) ① (3) ②

★ (1) 인형극을 기다리고 있는 장면에는 '기대된다', (2) 방귀를 들킨 상황에서는 '부끄럽다'가 어울립니다. (3) 시험이 끝난 후에는 '홀가분하다', (4) 아픈 친구를 만났을 때는 '걱정된다'가 어울립니다.

1. '부끄럽다, 창피하다, 민망하다'처럼 비슷한 상황에서 쓰일 수 있는 표현을 찾습니다.
2. (1)은 속상한 마음, (2)는 즐거운 마음, (3)은 무서운 마음이 알맞습니다. 상황에 알맞게 마음을 전한 표현을 찾아 연결합니다.

4주 138~139쪽 독해력 활짝

1. ④ 2. (2) ○ 3. ④

1. '미술 대회에서 상 받은 일'과 '축하해'와 같은 표현에서 수진이가 축하하는 마음을 전하려고 한다는 것을 알 수 있습니다.
2. 오래도록 기다리던 편지를 받았을 때의 마음에 어울리는 표현은 (2)입니다.
3. ㉡은 엄마가 준수의 마음을 헤아린 표현입니다.

4주 140~141쪽 독해력 쑥쑥

1. ③ 2. ㉯, ㉲, ㉳ 3. ④ 4. (2) ○

1. 편지에서 아빠는 형무소에 갇혀 있어 물건을 선물할 수 없다고 했습니다.
2. 아빠가 당부하는 말은 '만약 그런 ~하지 말렴.'에 나타나 있습니다.
3. 사랑하는 딸의 생일에 선물을 보낼 수 없는 아빠는 안타까운 마음이 들 것입니다.
4. (2)의 친구는 네루가 말한 숨기고 싶은 일은 하지 말라는 당부를 실천하지 못했습니다.

축하합니다!
D2권 독해 능력자가 되었네요.
E1권에서 다시 만나요!

NE 능률

★ ★ ★ ★
홈스쿨링으로 빈틈없이 채우는 초등 공부 실력

세토 시리즈

통합 학습역량 강화 프로그램

기초 학습서 초등 기초 학습능력과 배경지식 UP!

독서논술

급수 한자

쓰기

역사탐험

교과 학습서 초등 교과 사고력과 문제해결력 UP!

초등 독해력

초등 어휘

초등 한국사

5권 구매 등록마다 선물이 팡팡!

세토 시리즈 래빗 포인트

★★ 래빗 포인트 적립하기

포인트 번호

G3R8-HJHU-5507-AJ07

1 래빗 포인트란?

NE능률 세토 시리즈 교재 구매 시 혜택을 드리는 포인트 제도입니다.
1권 당 1P가 적립되며, 5P 적립마다 경품으로 교환 가능합니다.
(시리즈 3종 포함 시 추가 경품 증정)

2 포인트 적립 방법

1 세토 시리즈 교재 구입
2 래빗 포인트 적립 페이지 접속 (QR코드 스캔)
3 NE능률 통합회원 로그인
4 포인트 번호 16자리 입력

3 포인트 적립 교재

- 세 마리 토끼 잡는 독서 논술
- 세 마리 토끼 잡는 초등 독해력
- 세 마리 토끼 잡는 급수 한자
- 세 마리 토끼 잡는 초등 어휘
- 세 마리 토끼 잡는 역사 탐험
- 세 마리 토끼 잡는 초등 한국사
- 세 마리 토끼 잡는 쓰기

★ 포인트 유의사항 ★

- 이름, 단계가 같은 교재의 래빗 포인트는 1회만 적립 가능하며, 포인트 유효기간은 적립일로부터 1년입니다.
- 부당한 방법으로 래빗 포인트를 적립한 경우 해당 포인트의 적립을 철회하고 서비스 이용을 제한할 수 있습니다.
- 래빗 포인트에 관한 자세한 사항은 래빗 포인트 적립 페이지 맨 하단을 참고해주세요.

NE 능률